O HOMEM QUE SABIA JAVANÊS E OUTROS CONTOS SELECIONADOS

THE MAN WHO KNEW JAVANESE AND OTHER SELECTED TALES

TEXTO ADAPTADO À NOVA ORTOGRAFIA DA LÍNGUA PORTUGUESA DECRETO N° 6.583, DE 29 DE SETEMBRO DE 2008.

PRIMEIRA EDIÇÃO DE "O HOMEM QUE SABIA JAVANÊS." RIO DE JANEIRO: GAZETA DA TARDE, 28 DE ABRIL DE 1911; "NUMA E NINFA." RIO DE JANEIRO: GAZETA DA TARDE, ANO III, N. 658, 3 DE JUNHO DE 1911, P. 2.; "UM E OUTRO." in A ÁGUIA. ÓRGÃO DA RENASCENÇA PORTUGUESA. PORTO: TYPOGRAFIA COSTA CARREGAL, V. IV, 2ª SÉRIE (JULHO-DEZEMBRO DE 1913). PP. 111-118; "A NOVA CALIFÓRNIA." in "TRISTE FIM DE POLICARPO QUARESMA". RIO DE JANEIRO: TYP. REVISTA DOS TRIBUNAIS. 1915. PP; 273-84; "MISS EDITH E SEU TIO." in "TRISTE FIM DE POLICARPO QUARESMA". RIO DE JANEIRO: TYP. REVISTA DOS TRIBUNAIS. 1915. PP; 315-329; "CONGRESSO PAMPLANETÁRIO." in "HISTÓRIAS E SONHOS". RIO DE JANEIRO: LIVRARIA EDITORA DE GIANLORENZO SCHETTINO. 1920, PP 42-46.; "CLARA DOS ANJOS." in "HISTÓRIAS E SONHOS". RIO DE JANEIRO: LIVRARIA EDITORA DE GIANLORENZO SCHETTINO. 1920, PP 142-53.; "SUA EXCELÊNCIA." in "HISTÓRIAS E SONHOS". RIO DE JANEIRO: LIVRARIA EDITORA DE GIANLORENZO SCHETTINO. 1920, PP 27-9.; "O ÚNICO ASSASSINATO DE CAZUZA." RIO DE JANEIRO: SOUZA CRUZ, ANO VII, N. 62, FEVEREIRO DE 1922, PP. 16-18; "O PECADO." RIO DE JANEIRO: SOUZA CRUZ, ANO VIII, N. 92, AGOSTO DE 1924, P. 19.; "O FALSO DOM HENRIQUE V." in "VIDA E MORTE DE M. J. GONZAGA DE SÁ", 4ª ED. RIO DE JANEIRO: EDITORA MÉRITO, 1949."A DOENÇA DE ANTUNES." in "HISTÓRIAS E SONHOS", 2ª ED. RIO DE JANEIRO: GRÁFICA EDITORA BRASILEIRA, 1951.; "PORQUE NÃO SE MATAVA." in HISTÓRIAS E SONHOS, 2ª ED. RIO DE JANEIRO: GRÁFICA EDITORA BRASILEIRA, 1951.

DIRETOR EDITORIAL: FABIO PEDRO-CYRINO
TRADUÇÃO E NOTAS: FRANCISCO ARAÚJO DA COSTA
REVISÃO, ADEQUAÇÃO E NOTAS COMPLEMENTARES: SÁVIO RAMOS SILVA
DIAGRAMAÇÃO E CAPA: ARQUÉTIPO DESIGN+COMUNICAÇÃO
IMPRESSÃO E ACABAMENTO: ASSOCIAÇÃO RELIGIOSA IMPRENSA DA FÉ

DADOS INTERNACIONAIS DE CATALOGAÇÃO NA PUBLICAÇÃO (CIP)
(CÂMARA BRASILEIRA DO LIVRO, SP, BRASIL)

BARRETO, LIMA (1881-1922)

O HOMEM QUE SABIA JAVANÊS E OUTROS CONTOS SELECIONADOS = THE MAN WHO KNEW JAVANESE AND OTHER SELECTED TALES / LIMA BARRETO; TRADUÇÃO E NOTAS DE FRANCISCO ARAÚJO DA COSTA; REVISÃO, ADEQUAÇÃO E NOTAS COMPLEMENTARES DE SÁVIO RAMOS SILVA -- SÃO PAULO : EDITORA LANDMARK, 2019.

EDIÇÃO BILÍNGUE: PORTUGUÊS/ INGLÊS
ISBN 978-85-8070-066-4

1. CONTOS BRASILEIROS I. TÍTULO. II. TÍTULO: THE MAN WHO KNEW JAVANESE AND OTHER SELECTED TALES.

19-31054 CDD-B 869.3

ÍNDICES PARA CATÁLOGO SISTEMÁTICO:
1. CONTOS : LITERATURA BRASILEIRA B869.3

MARIA PAULA C. RIYUZO - BIBLIOTECÁRIA - CRB-8/7639

2ª REIMPRESSÃO: JANEIRO DE 2020
TEXTOS ORIGINAIS EM PORTUGUÊS DE DOMÍNIO PÚBLICO.

EDITORA LANDMARK
RUA ALFREDO PUJOL, 285 - 12° ANDAR - SANTANA
02017-010 - SÃO PAULO - SP
TEL.: +55 (11) 2711-2566 / 2950-9095
E-MAIL: EDITORA@EDITORALANDMARK.COM.BR
WWW.EDITORALANDMARK.COM.BR

IMPRESSO NO BRASIL
PRINTED IN BRAZIL
2020

LIMA BARRETO

O HOMEM QUE SABIA JAVANÊS

e outros contos selecionados

THE MAN WHO KNEW JAVANESE
AND OTHER SELECTED TALES

EDIÇÃO BILÍNGUE PORTUGUÊS - INGLÊS

TRADUÇÃO
FRANCISCO ARAÚJO DA COSTA

LANDMARK

SÃO PAULO, SP, BRASIL
2020

AFONSO HENRIQUES DE LIMA BARRETO, or simply LIMA BARRETO (1881-1922), was an important writer of Brazilian pre-Modernism. He was born in Laranjeiras, Rio de Janeiro on May 13, 1881, from poor and bi-racial parents and he faced prejudice throughout his life. He had to quit his education to support his family after his mother died and his father's hospitalization in an asylum.

He worked all his life as a notary at the Ministry of War, while he began writing for the newspaper "Correio da Manhã" and several other magazines of the time. He made his debut in Literature in 1909, publishing his novel "Memories of the Scrivener Isaias Caminha".

His work, particularly labeled by protest and denouncement, often has an autobiographical and chronic tone and is characterized as a cry of relentless revolt and satire in the face of society's attachment to the titles, as well as to the political institutions of the time, their bureaucracy and their ineffectiveness. A strong social criticism in portraying the Carioca inner city at the turn of the twentieth century, using a simple and colloquial language. For him, writing had the sole purpose of criticizing the current world he found himself in in order to awake fresh alternatives to the established practice of norms that favoured certain social classes, individuals and groups. In producing a Literature entirely detached from prevailing standards and taste, he received severe criticism from the traditional circles of literature: marked by a restless and rebellious spirit, he revealed his nonconformity against prevailing social mediocrity and racism.

He lived a bohemian and lonely life and ended up indulging in alcoholism, which led to long periods of hospitalization at a Colony for Bedlamites at Praia Vermelha, due to the hallucinations that followed him. Lima Barreto died in the city of Rio de Janeiro on November 1, 1922, the victim of a heart failure due to alcoholism.

AFONSO HENRIQUES DE LIMA BARRETO, ou simplesmente LIMA BARRETO (1881-1922), foi um importante escritor do pré-Modernismo brasileiro. Nasceu em Laranjeiras, no Rio de Janeiro em 13 de maio de 1881, de pais mestiços e pobres e enfrentou o preconceito durante toda a sua vida. Teve de abandonar os estudos para sustentar a sua família após a morte da mãe e a internação do pai em um asilo de alienados.

Trabalhou a vida toda como escriturário no Ministério da Guerra, ao mesmo tempo em que começou a escrever para o jornal "Correio da Manhã" e várias revistas da época. Estreou na literatura em 1909, com a publicação do romance "Recordações do Escrivão Isaías Caminha".

A sua obra, marcadamente de protesto e de denúncia, apresenta muitas vezes um tom autobiográfico e de crônica e é caracterizada como um brado de revolta implacável de sátira ao apego da sociedade aos títulos, bem como às instituições políticas da época, a sua burocracia e a sua inoperância, além de forte crítica social ao retratar os subúrbios cariocas na virada do século, com o uso de uma linguagem simples e coloquial. Para ele escrever tinha a finalidade de criticar o mundo circundante para despertar alternativas renovadoras de costumes e de práticas que privilegiavam certas classes sociais, indivíduos e grupos. Ao produzir uma literatura inteiramente desvinculada dos padrões e do gosto vigente, recebeu severas críticas dos círculos tradicionais da literatura: marcado por um espírito inquieto e rebelde, revelou o seu inconformismo com a mediocridade social e com o racismo vigentes.

Viveu uma vida boêmia e solitária e acabou por se entregar ao alcoolismo, o que o levou a longos períodos de internação, na Colônia de Alienados na Praia Vermelha, em virtude das alucinações que o perseguiam. Lima Barreto faleceu na cidade do Rio de Janeiro no dia 1º de novembro de 1922, vítima de um colapso cardíaco, em razão do alcoolismo.

O HOMEM QUE SABIA JAVANÊS

THE MAN WHO KNEW JAVANESE

Once, in a pastry shop, I was telling my friend Castro about the stunts I had pulled on the convictions and respectability of others to make a living.

In a given occasion, while in Manaus, I was forced to hide my qualifications as a college graduate to earn the trust of the customers who overflowed my office, where I worked as a medicine man and fortuneteller. That is the story I was telling him.

My friend listened quietly, spellbound, enjoying my Gil Blas[1] life. At a break in our conversation, having drained our glasses, he made a casual remark:

— You've been leading a very funny life, Castelo.

— That's the only way to live... Having a single job, leaving home at a certain time, returning late, it's bothersome, don't you think? I don't know how you manage to stand it at the consulate!

1 Character from the picaresque novel "Histoire de Gil Blas de Santillane", by the French writer Alain-René Lesage (1668-1747). Gil Blas, the son of a squire and a maid through cleverness and cheating, meets all their survival needs.

Em uma confeitaria, certa vez, ao meu amigo Castro, contava eu as partidas que havia pregado às convicções e às respeitabilidades, para poder viver.

Houve mesmo, uma dada ocasião, quando estive em Manaus, em que fui obrigado a esconder a minha qualidade de bacharel, para mais confiança obter dos clientes, que afluíam ao meu escritório de feiticeiro e adivinho. Contava eu isso.

O meu amigo ouvia-me calado, embevecido, gostando daquele meu Gil Blás[1] vivido, até que, em uma pausa da conversa, ao esgotarmos os copos, observou a esmo:

— Tens levado uma vida bem engraçada, Castelo!

— Só assim se pode viver... Isto de uma ocupação única: sair de casa a certas horas, voltar a outras, aborrece, não achas? Não sei como me tenho aguentado lá, no consulado!

1 Personagem do romance picaresco "Histoire de Gil Blas de Santillane", do escritor francês Alain-René Lesage (1668-1747), filho de um escudeiro e de uma criada que, através da esperteza e da trapaça, supre as suas necessidades de sobrevivência.

— It does get tiresome, but that's not what has me in awe. I'm just stunned you've had so many adventures here, in Brazil. It's such an imbecilic, bureaucratic country.

— Oh, come on, my dear Castro. You can write some very beautiful pages in your life's story right here. Would you believe I used to be a Javanese teacher?

— When? Here, after returning from the consulate?

— No, before. Actually, that's why I was named consul.

— Do tell. Would you care for some more beer?

— Yes, please.

We ordered another bottle and filled our glasses before I continued.

— I had recently arrived in Rio and was literally living in penury. I would flee from boardinghouse to boardinghouse, never knowing where or how to earn money, when I saw one advertisement on Jornal do Commercio that read:

"JAVANESE LANGUAGE TEACHER NEEDED.
LETTERS, ETC."

I thought to myself, well, here's a placement with few competitors. Four words or so would be enough to get my foot in the door. I left the café and wandered around the streets, imagining myself as a Javanese teacher, earning money, riding the tram, no unpleasant encounters with thugs. Insensitively, I headed to the National Library. I didn't know what book to get, but I went in, handed my hat to the doorman, got my number, and started climbing the stairways. Midway through, it occurred to me to ask for "La Grande Encyclopédie", letter J, to read the entry for Java and the Javanese language. No sooner had I sure enough thought of that idea than I learned

— Cansa-se; mas, não é disso que me admiro. O que me admira, é que tenhas corrido tantas aventuras aqui, neste Brasil imbecil e burocrático.

— Qual! Aqui mesmo, meu caro Castro, se podem arranjar belas páginas de vida. Imagina tu que eu já fui professor de javanês!

— Quando? Aqui, depois que voltaste do consulado?

— Não; antes. E, por sinal, fui nomeado cônsul por isso.

— Conta lá como foi. Bebes mais cerveja?

— Bebo.

Mandamos buscar mais outra garrafa, enchemos os copos, e continuei:

— Eu tinha chegado havia pouco ao Rio estava literalmente na miséria. Vivia fugido de casa de pensão em casa de pensão, sem saber onde e como ganhar dinheiro, quando li no Jornal do Commercio o anúncio seguinte:

"PRECISA-SE DE UM PROFESSOR DE
LÍNGUA JAVANESA. CARTAS, ETC."

Ora, disse cá comigo, está ali uma colocação que não terá muitos concorrentes; se eu capiscasse quatro palavras, ia apresentar-me. Saí do café e andei pelas ruas, sempre a imaginar-me professor de javanês, ganhando dinheiro, andando de bonde e sem encontros desagradáveis com os "cadáveres". Insensivelmente dirigi-me à Biblioteca Nacional. Não sabia bem que livro iria pedir; mas, entrei, entreguei o chapéu ao porteiro, recebi a senha e subi. Na escada, acudiu-me pedir a "Grande Encyclopédie", letra J, a fim de consultar o artigo relativo a Java e a língua javanesa. Dito e feito. Fiquei sabendo, ao fim de alguns minutos, que Java era uma grande

that Java was a Dutch colony and a large island in the Sunda archipelago, and that Javanese was an agglutinative language belonging to the Malayo-Polynesian family, having produced noteworthy literature written in script alphabet derived from the ancient Hindu.

The "Encyclopédie" referred me to works about the Malayan language, and I would surely consult one of them. I copied the alphabet and its phonetic symbols and left. Next thing I knew, I was wandering through the streets, chewing the letters over in my head.

Hieroglyphics danced in my mind. I checked my notes from time to time and walked into the gardens to scribble them in the sand, trying to commit them to memory and familiarize my hand to the task of writing them.

At night, I was able go home unseen and avoid indiscreet questions from the manager. I stayed up in my room, gobbling up my Malayan ABCs so sedulously that I knew it by heart in the morning.

I had convinced myself it was the easiest language in the world when I left that morning, but not so soon to avoid running into the rent collector.

— Mr. Castelo, when are you paying your lease?

— Soon... wait a while longer, be a tad more patient... I'm close to taking up a position as a Javanese teacher, and...

— What the hell is that, Mr. Castelo?, he interrupted me.

I enjoyed the fun in the exchange, so I appealed to the man's patriotism.

— It's a tongue they speak in Timor, do you know where that is?

Oh! What a naive soul! The man forgot my debt.

ilha do arquipélago de Sonda, colônia holandesa, e o javanês, língua aglutinante do grupo malaio-polinésio, possuía uma literatura digna de nota e escrita em caracteres derivados do velho alfabeto hindu.

A Encyclopédie dava-me indicação de trabalhos sobre a tal língua malaia e não tive dúvidas em consultar um deles. Copiei o alfabeto, a sua pronunciação figurada e saí. Andei pelas ruas, perambulando e mastigando letras.

Na minha cabeça dançavam hieróglifos; de quando em quando consultava as minhas notas; entrava nos jardins e escrevia estes calungas na areia para guardá-los bem na memória e habituar a mão a escrevê-los.

À noite, quando pude entrar em casa sem ser visto, para evitar indiscretas perguntas do encarregado, ainda continuei no quarto a engolir o meu "a-b-c" malaio, e, com tanto afinco levei o propósito que, de manhã, o sabia perfeitamente.

Convenci-me que aquela era a língua mais fácil do mundo e saí; mas não tão cedo que não me encontrasse com o encarregado dos aluguéis dos cômodos:

— Senhor Castelo, quando salda a sua conta?

Respondi-lhe então eu, com a mais encantadora esperança:

— Breve... Espere um pouco... Tenha paciência... Vou ser nomeado professor de javanês, e...

Por aí o homem interrompeu-me:

— Que diabo vem a ser isso, senhor Castelo?

Gostei da diversão e ataquei o patriotismo do homem:

— É uma língua que se fala lá pelas bandas do Timor. Sabe onde é?

Oh! alma ingênua! O homem esqueceu-se da minha dívida e disse-me com aquele falar forte dos portugueses:

— No, I personally don't, he told me with his thick Portuguese accent, but I have heard we have lands around those parts near Macao. And you know about such matters, Mr. Castelo?

Excited about the felicitous escape the Javanese language had given me, I went back to the advertisement. There it was. I decided then and there to apply for the Oceanic language professorship. I wrote a reply, stopped by the newspaper offices, and handed in my letter. Next, I went back to the library and resumed my Javanese studies. I made no great progress that day, whether because I considered the Javanese alphabet the only knowledge a Malayan language teacher needed or because I put more effort into the bibliography and literary history of the language I was about to teach.

After two days, I received a letter inviting me to meet Lord Manuel Feliciano Soares Albernaz, Baron Jacuecanga, at Conde de Bonfim Street, though I could not recall the number. You should not forget that I continued studying my Malayan, that is, the Javanese language. Beyond the alphabet, I learned the name of a few authors and how to ask and respond to "how do you do?" — in addition to a couple of grammar rules, intertwining all that body of knowledge with a foundation of twenty words or so.

You can't fathom how difficult it was to arrange the four hundred réis for the trip! It's easier — no doubt about it — to learn Javanese... I walked. I arrived dripping with sweat, and with maternal kindness the large mango trees that lined the pathway to His Lordship's home welcomed me, cradled me, comforted me. Throughout my life, it was the only moment I have ever felt nature's sympathetic embrace.

The enormous house seemed deserted. It seemed badly run down, but for some reason it occurred to me there was more slovenliness and ennui than poverty itself in that poor state. It must have been years since it had last been painted.

— Eu cá por mim, não sei bem; mas ouvi dizer que são umas terras que temos lá para os lados de Macau. E o senhor sabe isso, senhor Castelo?

Animado com esta saída feliz que me deu o javanês, voltei a procurar o anúncio. Lá estava ele. Resolvi animosamente propor-me ao professorado do idioma oceânico. Redigi a resposta, passei pelo Jornal e lá deixei a carta. Em seguida, voltei à biblioteca e continuei os meus estudos de javanês. Não fiz grandes progressos nesse dia, não sei se por julgar o alfabeto javanês o único saber necessário a um professor de língua malaia ou se por ter me empenhado mais na bibliografia e história literária do idioma que ia ensinar.

Ao cabo de dois dias, recebia eu uma carta para ir falar ao doutor Manuel Feliciano Soares Albernaz, barão de Jacuecanga, à rua Conde de Bonfim, não me recordo bem que número. É preciso não te esqueceres que entrementes continuei estudando o meu malaio, isto é, o tal javanês. Além do alfabeto, fiquei sabendo o nome de alguns autores, também perguntar e responder "como está o senhor?" — e duas ou três regras de gramática, lastrado todo esse saber com vinte palavras do léxico.

Não imaginas as grandes dificuldades com que lutei, para arranjar os quatrocentos réis da viagem! É mais fácil — podes ficar certo — aprender o javanês... Fui a pé. Cheguei suadíssimo; e, com maternal carinho, as anosas mangueiras, que se perfilavam em alameda diante da casa do titular, me receberam, me acolheram e me reconfortaram. Em toda a minha vida, foi o único momento em que cheguei a sentir a simpatia da natureza...

Era uma casa enorme que parecia estar deserta; estava maltratada, mas não sei por que me veio pensar que nesse mau tratamento havia mais desleixo e cansaço de viver que mesmo pobreza. Devia haver anos que não era pintada. As

The paint was peeling off the walls and the eaves of the old glass roof had the gaps here and there like a rotting set of dentures.

I looked over the garden and noticed the vengeful puissance the sedges and beggarweeds had exerted to expel the begonias and elephant ears. The crotons, however, lived on with their dull-colored foliage. I knocked. I waited some time for an answer. Eventually, an old African man answered the door, his cotton hair and beard giving his outer appearance a crisp blend of old age, sweetness, and suffering.

The room I found myself in had a portrait gallery: arrogant lords with curly beards in immense golden frames and sweet ladies with parted hair waving large fans who seemed always ready to sail into the heavens, their round gowns puffed out like balloons. The place was full of relics, the dust coating translated into antiquity and respectability, but the one I enjoyed most was a large porcelain vase from China or India. The purity of the china, its fragility, the ingenuity of its design, its dull moonlight sheen, seemed to me the object had been made by the hands of a dreaming child to the delight of tired-eyed, broken old men…

I waited for the master of the house. He took a little long to make my encounter. He walked unsteadily, carrying a red cotton handkerchief in one hand, venerably taking pinches of snuff like old times, and it filled me with respect. My first thought was to leave. Even if he would not be the student himself, it would be a crime to deceive that old man, whose advanced age brought to mind the sense of something august, something sacred. I hesitated, and stayed.

— I'm the Javanese teacher you advertised for, I said promptly.

— Sit down, the old man replied. Are you a native of Rio, sir?

paredes descascavam e os beirais do telhado, daquelas telhas vidradas de outros tempos, estavam desguarnecidos aqui e ali, como dentaduras decadentes ou malcuidadas.

Olhei um pouco o jardim e vi a pujança vingativa com que a tiririca e o carrapicho tinham expulsado os tinhorões e as begônias. Os crótons continuavam, porém, a viver com a sua folhagem de cores mortiças. Bati. Custaram-me a abrir. Veio, por fim, um antigo preto africano, cujas barbas e cabelo de algodão davam à sua fisionomia uma aguda impressão de velhice, doçura e sofrimento.

Na sala, havia uma galeria de retratos: arrogantes senhores de barba em colar se perfilavam enquadrados em imensas molduras douradas, e doces perfis de senhoras, em bandós, com grandes leques, pareciam querer subir aos ares, enfunadas pelos redondos vestidos à balão; mas, daquelas velhas coisas, sobre as quais a poeira punha mais antiguidade e respeito, a que gostei mais de ver foi um belo jarrão de porcelana da China ou da Índia, como se diz. Aquela pureza da louça, a sua fragilidade, a ingenuidade do desenho e aquele seu fosco brilho de luar, diziam-me a mim que aquele objeto tinha sido feito por mãos de criança, a sonhar, para encanto dos olhos fatigados dos velhos desiludidos...

Esperei um instante o dono da casa. Tardou um pouco. Um tanto trôpego, com o lenço de alcobaça na mão, tomando veneravelmente o simonte de antanho, foi cheio de respeito que o vi chegar. Tive vontade de ir-me embora. Mesmo se não fosse ele o discípulo, era sempre um crime mistificar aquele ancião, cuja velhice trazia à tona do meu pensamento alguma coisa de augusto, de sagrado. Hesitei, mas fiquei.

— Eu sou — avancei — o professor de javanês, que o senhor disse precisar.

— Sente-se, respondeu-me o velho. O senhor é daqui, do Rio?

— No, I'm from Canavieiras.

— Excuse me? Speak up, I'm deaf.

— I'm from Canavieiras, in Bahia, I insisted.

— Where did you go to school?

— In Salvador.

— And where did you learn Javanese?, he asked, with the quintessential stubbornness of old men.

That question caught me off guard, but I immediately concocted a lie. I told him my father was Javanese. He had sailed on a merchant ship that stopped in Bahia, settled down around Canavieiras to work as a fisherman, married, thrived. He was the one who had taught me Javanese.

— And he bought it? What about your looks?, my friend asked, breaking his silence.

— I'm not that different from a Javanese, I objected. My full, dark straight hair and swarthy skin tone could very well allow me to pass for a Malayan half-breed… You know as well as anyone we are a blend of everything: Indians, Malayans, Tahitians, Malagasy, Guanches, even Goths. Our conglomeration of races is unmatched and to envy the whole world.

— Well, do go on, my friend replied.

The old man listened attentively, I continued. He made a protracted examination of my physical appearance and seemed to decide I was indeed the son of a Malay, he asked sweetly:

— Are you willing to teach me Javanese?

— Of course, I replied impulsively.

— You must probably be astonished, adduced the Baron Jacuecanga, that a man as old as me would want to learn anything new, but…

— There's no reason for astonishment. I have seen many examples, very fruitful examples…

— Não, sou de Canavieiras.

— Como? fez ele. Fale um pouco alto, que sou surdo.

— Sou de Canavieiras, na Bahia, insisti eu.

— Onde fez os seus estudos?

— Em São Salvador.

— E onde aprendeu o javanês? indagou ele, com aquela teimosia peculiar aos velhos.

Não contava com essa pergunta, mas imediatamente arquitetei uma mentira. Contei-lhe que meu pai era javanês. Tripulante de um navio mercante, viera ter à Bahia, estabelecera-se nas proximidades de Canavieiras como pescador, casara, prosperara e fora com ele que aprendi javanês.

— E ele acreditou? E o físico? perguntou meu amigo, que até então me ouvira calado.

— Não sou, objetei, lá muito diferente de um javanês. Estes meus cabelos corridos, duros e grossos e a minha pele basané podem dar-me muito bem o aspecto de um mestiço de malaio... Tu sabes bem que, entre nós, há de tudo: índios, malaios, taitianos, malgaches, guanches, até godos. É uma comparsaria de raças e tipos de fazer inveja ao mundo inteiro.

— Bem, fez o meu amigo, continua.

O velho, emendei eu, ouviu-me atentamente, considerou demoradamente o meu físico, pareceu que me julgava de fato filho de malaio e perguntou-me com doçura:

— Então está disposto a ensinar-me javanês?

A resposta saiu-me sem querer: — Pois não.

— O senhor há de ficar admirado, aduziu o barão de Jacuecanga, que eu, nesta idade, ainda queira aprender qualquer coisa, mas...

— Não tenho que admirar. Têm-se visto exemplos e exemplos muito fecundos...

— What I want, my dear sir…

— Castelo, I finished his sentence.

— What I want, my dear Mr. Castelo, is to keep a family oath. You might not know this, but I am the grandson of Councilor Albernaz, who accompanied Pedro I after his abdication. He returned from London with a book he held in great esteem, written in a queer language. It had been given to him by a Hindu or a Siamese in London, in thanks for some unknown service my grandfather had rendered him. On his deathbed, my grandfather summoned my father and told him: 'Son, this book is written in Javanese. The man who gave it to me said it can prevent misfortune and bring happiness to whomever owns it. Of that I am not sure of. In any case, keep it, and if you want the blessing of that wise Eastern man to come true, have your own son read it and understand it, so our bloodline can be happy forever more.' My father," the old baron continued, "did not give the story too much credence, but he did keep the book. At death's door, he gave it to me and told me about the promise he had made to his own father. At first, I dismissed the story, I simply stowed it away and went about my business. I had even forgotten about it. Lately, however, I have met so much misfortune, have seen so much tragedy befall me in my old age, I remembered the old family talisman. I need to read it, to understand it, or else my final days on this earth will herald disaster for posterity. And reading it means, of course, learning Javanese. And there you have it.

He became silent, and I noticed the old man had grown misty-eyed. He wiped his tears discreetly and asked me if I wanted to see the fabled book. I answered positively. He summoned his servant and gave him instructions, then explained to me he had lost all his sons and nephews, except one married daughter whose entire brood had been reduced to a single son, a weak child whose frail health was failing him.

— O que eu quero, meu caro senhor...

— Castelo, adiantei eu.

— O que eu quero, meu caro senhor Castelo, é cumprir um juramento de família. Não sei se o senhor sabe que eu sou neto do conselheiro Albernaz, aquele que acompanhou Pedro i, quando abdicou. Voltando de Londres, trouxe para aqui um livro em língua esquisita, a que tinha grande estimação. Fora um hindu ou siamês que lho dera, em Londres, em agradecimento a não sei que serviço prestado por meu avô. Ao morrer meu avô, chamou meu pai e lhe disse: "Filho, tenho este livro aqui, escrito em javanês. Disse-me quem mo deu que ele evita desgraças e traz felicidades para quem o tem. Eu não sei nada ao certo. Em todo o caso, guarda-o; mas, se queres que o fado que me deitou o sábio oriental se cumpra, faze com que teu filho o entenda, para que sempre a nossa raça seja feliz". Meu pai, continuou o velho barão, não acreditou muito na história; contudo, guardou o livro. Às portas da morte, ele mo deu e disse-me o que prometera ao pai. Em começo, pouco caso fiz da história do livro. Deitei-o a um canto e fabriquei minha vida. Cheguei até a esquecer-me dele; mas, de uns tempos a esta parte, tenho passado por tanto desgosto, tantas desgraças têm caído sobre a minha velhice que me lembrei do talismã da família. Tenho que o ler, que o compreender, se não quero que os meus últimos dias anunciem o desastre da minha posteridade; e, para entendê-lo, é claro que preciso entender o javanês. Eis aí.

Calou-se e notei que os olhos do velho se tinham orvalhado. Enxugou discretamente os olhos e perguntou-me se queria ver o tal livro. Respondi-lhe que sim. Chamou o criado, deu-lhe as instruções e explicou-me que perdera todos os filhos, sobrinhos, só lhe restando uma filha casada, cuja prole, porém, estava reduzida a um filho, débil de corpo e de saúde frágil e oscilante.

In came the book. It was an ancient and massive leather-bound quarto, with large type print in thick, yellowed-out pages. The title page was missing, so one could not make out the publication date. It still had its English-language preface, where I read it contained the stories of Prince Kulanga, a prominent Javanese author.

I informed the old baron of that fact and he, not realizing I had arrived at that fact through my understanding of English, had great respect for my knowledge of the Malayan language. I kept thumbing through that doorstop, pretending to be an absolute master of that gobbledygook, until we finally settled on a fee and a schedule. I promised I would have him reading the old book within a year.

I soon taught him my first lesson, but the old man was not as diligent as me. He could never learn to write or even tell four measly letters apart. It took us a whole month to go over half the alphabet, and His Lordship the Baron Jacuecanga never truly mastered the subject, learning and unlearning it back and forth.

The daughter and the son-in-law, who I believe hadn't known about the book, learned about the old man's lessons, but were not concerned. They thought it was funny, and maybe a nice distraction.

But, my dear Castro, you'll be amazed at how much the son-in-law came to admire the Javanese teacher. "This is so singular!," he never tired to say. "It's astonishing! And so young! If I had only known, oh!... How far I could have gone!"

Mrs. Maria da Glória's husband (for that was the baron's daughter's name) was a judge of the court of appeals, a powerful and well-connected man, and yet he never shied away from proclaiming to the whole world his admiration for my Javanese. The baron, for one, could not be happier. After two months he gave up on learning the language, and asked me to translate

Veio o livro. Era um velho calhamaço, um in-quarto antigo, encadernado em couro, impresso em grandes letras, em um papel amarelado e grosso. Faltava a folha do rosto e por isso não se podia ler a data da impressão. Tinha ainda umas páginas de prefácio, escritas em inglês, onde li que se tratava das histórias do príncipe Kulanga, escritor javanês de muito mérito.

Logo informei disso o velho barão que, não percebendo que eu tinha chegado aí pelo inglês, ficou tendo em alta consideração o meu saber malaio. Estive ainda folheando o cartapácio, à laia de quem sabe magistralmente aquela espécie de vasconço, até que afinal contratamos as condições de preço e de hora, comprometendo-me a fazer com que ele lesse o tal alfarrábio antes de um ano.

Dentro em pouco, dava a minha primeira lição, mas o velho não foi tão diligente quanto eu. Não conseguia aprender a distinguir e a escrever nem sequer quatro letras. Enfim, com metade do alfabeto levamos um mês e o senhor barão de Jacuecanga não ficou lá muito senhor da matéria: aprendia e desaprendia.

A filha e o genro (penso que até aí nada sabiam da história do livro) vieram a ter notícias do estudo do velho; não se incomodaram. Acharam graça e julgaram a coisa boa para distraí-lo.

Mas com o que tu vais ficar assombrado, meu caro Castro, é com a admiração que o genro ficou tendo pelo professor de javanês. Que coisa Única! Ele não se cansava de repetir: "É um assombro! Tão moço! Se eu soubesse isso, ah! onde estava!"

O marido de dona Maria da Glória (assim se chamava a filha do barão), era desembargador, um homem relacionado e poderoso; mas não se pejava em mostrar diante de todo o mundo a sua admiração pelo meu javanês. Por outro lado, o barão estava contentíssimo. Ao fim de dois meses, desistira da aprendizagem e pedira-me que lhe traduzisse, um dia sim

passages from his magical book every other day. Understanding it was enough, he told me; there was no obstacle to someone translating it while he just listened to it. This saved him the trouble of studying, but still allowed him to discharge his duty.

You very well know I still don't speak a word of Javanese, but I made up some silly stories and passed them off on the geezer as tales from the chronicon. Eagerly, he listened to that tripe!...

He was ecstatic, as if listening to an angel speak. And I only grew in his eyes.

He invited me to live at his home, showered me with gifts, raised my salary. In other words, I lived a charmed life.

It helped considerably that he had received an inheritance from a forgotten relative living in Portugal. The kindly old man attributed it to my Javanese, and I almost believed it too.

By fits and starts, I lost all remorse, but never the fear I would eventually run into someone who spoke the Malayan patois. And I was especially afraid when the sweet old baron wrote a letter of introduction and had me meet the Viscount Caruru, with the intent of joining the diplomatic service. I made every objection: my ugliness, my lack of elegance, my Filipino countenance. — "Nonsense!, he replied. Go, boy, go. You know Javanese!" So I went. The Viscount sent me to Foreign Service with no shortage of recommendations. It was a wild success.

The director called the department heads. "Will you look at this, a man who knows Javanese. Wonderful!"

The department heads took me to see the officers and the clerks, one of whom regarded me with more hate than envy or admiration in his eyes. "So you speak Javanese?," they all asked. "Is it hard?" "No one here knows it!"

"That's true, but I speak Kanak," the clerk who had given me a hateful look intervened. "Do you know it?" I told him I didn't, and was taken to see the minister.

outro não, um trecho do livro encantado. Bastava entendê-lo, disse ele; nada se opunha que outrem o traduzisse e ele ouvisse. Assim evitava a fadiga do estudo e cumpria o encargo.

Sabes bem que até hoje nada sei de javanês, mas compus umas histórias bem tolas e impingi-as ao velhote como sendo do crônicon. Como ele ouvia aquelas bobagens!...

Ficava estático, como se estivesse a ouvir palavras de um anjo. E eu crescia aos seus olhos!

Fez-me morar em sua casa, enchia-me de presentes, aumentava-me o ordenado. Passava, enfim, uma vida regalada.

Contribuiu muito para isso o fato de vir ele a receber uma herança de um seu parente esquecido que vivia em Portugal. O bom velho atribuiu a coisa ao meu javanês; e eu estive quase a crê-lo também.

Fui perdendo os remorsos; mas, em todo o caso, sempre tive medo que me aparecesse pela frente alguém que soubesse o tal patuá malaio. E esse meu temor foi grande, quando o doce barão me mandou com uma carta ao visconde de Caruru, para que me fizesse entrar na diplomacia. Fiz-lhe todas as objeções: a minha fealdade, a falta de elegância, o meu aspecto tagalo. — "Qual!, retrucava ele. Vá, menino; você sabe javanês!" Fui. Mandou-me o visconde para a Secretaria dos Estrangeiros com diversas recomendações. Foi um sucesso.

O diretor chamou os chefes de secção: "Vejam só, um homem que sabe javanês — que portento!".

Os chefes de secção levaram-me aos oficiais e amanuenses e houve um destes que me olhou mais com ódio do que com inveja ou admiração. E todos diziam: "Então sabe javanês? É difícil? Não há quem o saiba aqui!".

O tal amanuense, que me olhou com ódio, acudiu então: "É verdade, mas eu sei canaque. O senhor sabe?". Disse-lhe que não e fui à presença do ministro.

The executive stood up, placed his hands on his hips, and adjusted the pince-nez over his nose. "So, you can speak Javanese?" I answered I could, and when asked where I had learned it, I recounted the story of my Javanese father. "Well, sir," the minister added, "you can't go into the service, you don't have the right look… The best option would be a consulate in Asia or Oceania, but there are no vacancies at the moment. I'm instituting a reform, though, and then you'll go in. However, from now on you are an attaché at my department, and in one year I want you to leave for Basel, to represent Brazil in the Linguistics Conference. Go, study up, read Hovelacque[2], read Max Müller[3], read them all"

Just imagine! I knew nothing about Javanese, but I had a job and was about to represent Brazil in a scholarly conference.

The old baron passed away, leaving the book to his son-in-law to give to his grandson at an appropriate age, as well as a bequest for myself.

I plugged away at Malayo-Polynesian languages, but there was just no way!

Well-fed, well-dressed and well-rested, I did not have the energy to drill it all into my head. It was just too cumbersome. I bought books, I subscribed to magazines: "Revue Anthropologique et Linguistique", "Proceedings of the English-Oceanic Association", "Archivo Glottologico Italiano", everything I could find, but it was simply no use! And my fame grew. In the streets, people who knew about it pointed me out

2 Abel Hovelacque (1843-1896) was a nineteenth-century French politician and one of the leading representatives of naturalistic linguistics and anthropology. He was one of the main founders of the "École d'Antropologie", where he served as a teacher of linguistic ethnography.

3 Friedrich Max Müller (1823-1900) was a German linguist, religious scientist, orientalist and mythologist. His main work is the collection "The Sacred Books of the East", published in 50 volumes between 1879 and 1910, an essential source of the history of religions and comparative mythology.

A alta autoridade levantou-se, pôs as mãos às cadeiras, concertou o pincenez no nariz e perguntou: "Então, sabe javanês?". Respondi-lhe que sim; e, à sua pergunta onde o tinha aprendido, contei-lhe a história do tal pai javanês. "Bem, disse-me o ministro, o senhor não deve ir para a diplomacia; o seu físico não se presta... O bom seria um consulado na Ásia ou Oceania. Por ora, não há vaga, mas vou fazer uma reforma e o senhor entrará. De hoje em diante, porém, fica adido ao meu ministério e quero que, para ano, parta para Bâle, onde vai representar o Brasil no Congresso de Linguística. Estude, leia o Hovelacque[2], o Max Müller[3], e outros!"

Imagina tu que eu até aí nada sabia de javanês, mas estava empregado e iria representar o Brasil em um congresso de sábios.

O velho barão veio a morrer, passou o livro ao genro para que o fizesse chegar ao neto, quando tivesse a idade conveniente e fez-me uma deixa no testamento.

Pus-me com afã no estudo das línguas malaio-polinésicas; mas não havia meio!

Bem jantado, bem-vestido, bem dormido, não tinha energia necessária para fazer entrar na cachola aquelas coisas esquisitas. Comprei livros, assinei revistas: "Revue Anthropologique et Linguistique", "Proceedings of the English-Oceanic Association", "Archivo Glottologico Italiano", o diabo, mas nada! E a minha fama crescia. Na rua, os informados apontavam-me, dizendo aos outros: "Lá vai o sujeito que sabe javanês". Nas

2 Abel Hovelacque (1843-1896) foi um político francês do século XIX, além de ser um dos principais representantes da linguística naturalista e da antropologia. Foi um dos principais fundadores da "École d'Antropologie", na qual atuou como professor de etnografia linguística

3 Friedrich Max Müller (1823-1900) foi um linguista, cientista das religiões, orientalista e mitólogo alemão. A sua obra principal é a coleção "The sacred Books of the East", publicado em 50 volumes entre 1879 e 1910, fonte essencial da história das religiões e da mitologia comparada.

to their acquaintances, saying "there goes the fellow who knows Javanese." In bookshops, grammarians consulted me about the placement of pronouns in the Sunda Islands tongue. Country scholars wrote me letters, newspapers quoted my wisdom, and I had to refuse a group of students eager to learn Javanese. At the editor's request, I wrote for "Jornal do Commercio" a four-column article about ancient and modern Javanese literature…

— But how?, Castro interrupted me attentively. You didn't know anything about it.

— It was quite simple. First, I described the Island of Java, resorting to dictionaries and a few geography books, then I just quoted to my heart's content.

— And no one questioned you?, my friend wanted to know.

— No one. That is, I almost got caught once. The police arrested a sailor, a tawny fellow who only spoke an odd language. They called various interpreters, but no one could understand him. I was also called, with all due respect owed my considerable wisdom, naturally. It took me a while, but I did go, eventually. The man had already been released, thanks to the Dutch consul. The sailor managed to make himself understood with half a dozen words in Dutch. He was Javanese! — Oof!

The conference was finally at hand, so I boarded the ship to Europe. It was simply delightful! I watched the opening ceremony and the preparatory sessions. They enrolled me in the Tupi-Guarani section and I fled to Paris. First, though, I had the "Basel Messenger" publish my portrait, a brief biographical notice, and my bibliography. When I returned, the president apologized for having enrolled me in that section; he was not familiar with my work and thought that, as a Brazilian, I would naturally fit best in the Tupi-Guarani section. I accepted his explanation, but I still haven't written down my works on Javanese, which I had promised to send him.

livrarias, os gramáticos consultavam-me sobre a colocação dos pronomes no tal jargão das ilhas de Sonda. Recebia cartas dos eruditos do interior, os jornais citavam o meu saber e recusei aceitar uma turma de alunos sequiosos de entenderem o tal javanês. A convite da redação, escrevi, no "Jornal do Commercio" um artigo de quatro colunas sobre a literatura javanesa antiga e moderna...

— Como, se tu nada sabias? interrompeu-me o atento Castro.

— Muito simplesmente: primeiramente, descrevi a ilha de Java, com o auxílio de dicionários e umas poucas publicações de geografias, e depois citei a mais não poder.

— E nunca duvidaram? perguntou-me ainda o meu amigo.

— Nunca. Isto é, uma vez quase fico perdido. A polícia prendeu um sujeito, um marujo, um tipo bronzeado que só falava uma língua esquisita. Chamaram diversos intérpretes, ninguém o entendia. Fui também chamado, com todos os respeitos que a minha sabedoria merecia, naturalmente. Demorei-me em ir, mas fui afinal. O homem já estava solto, graças à intervenção do cônsul holandês, a quem ele se fez compreender com meia dúzia de palavras holandesas. E o tal marujo era javanês — uf!

Chegou, enfim, a época do congresso, e lá fui para a Europa. Que delícia! Assisti à inauguração e às sessões preparatórias. Inscreveram-me na secção do tupi-guarani e eu abalei para Paris. Antes, porém, fiz publicar no "Mensageiro de Bâle" o meu retrato, notas biográficas e bibliográficas. Quando voltei, o presidente pediu-me desculpas por me ter dado aquela secção; não conhecia os meus trabalhos e julgara que, por ser eu americano brasileiro, me estava naturalmente indicada a secção do tupi-guarani. Aceitei as explicações e até hoje ainda não pude escrever as minhas obras sobre o javanês, para lhe mandar, conforme prometi.

After the conference, I had extracts from the Basel Messenger article published in Berlin, Turin and Paris, where my readers held a feast in my honour, presided by Senator Gorot. This little escapade, including the banquet in my honour, cost me about ten thousand francs, almost the whole gift left by the kindly and credulous Baron Jacuecanga.

I wasted neither time nor money. I had become the glory of the nation. When I arrived at the Pharoux docks, I received the applause from every social class. A few days later, the president of the Republic invited me to lunch.

Within six months I was named consul in Havana, where I had remained for six years, and where I shall return to continue my studies of Malayan, Melanesian and Polynesian languages.

— That's amazing, Castro remarked, reaching for his beer.

— If I wasn't happy where I was, do you know what I'd be now?

— What?

— An eminent bacteriologist. Ready to go?

— Ready.

Acabado o congresso, fiz publicar extratos do artigo do "Mensageiro de Bâle", em Berlim, em Turim e Paris, onde os leitores de minhas obras me ofereceram um banquete, presidido pelo senador Gorot. Custou-me toda essa brincadeira, inclusive o banquete que me foi oferecido, cerca de dez mil francos, quase toda a herança do crédulo e bom barão de Jacuecanga.

Não perdi meu tempo nem meu dinheiro. Passei a ser uma glória nacional e, ao saltar no cais Pharoux, recebi uma ovação de todas as classes sociais e o presidente da República, dias depois, convidava-me para almoçar em sua companhia.

Dentro de seis meses fui despachado cônsul em Havana, onde estive seis anos e para onde voltarei, a fim de aperfeiçoar os meus estudos das línguas da Malaia, Melanésia e Polinésia.

— É fantástico, observou Castro, agarrando o copo de cerveja.

— Olha: se não fosse estar contente, sabes que ia ser?

— Que?

— Bacteriologista eminente. Vamos?

— Vamos.

A NOVA CALIFÓRNIA

THE NEW CALIFORNIA

I

No one knew where the man had come from. The postmaster could only tell he answered to the name Raimundo Flamel[4], to which his mail was addressed. And there was plenty of mail. Almost every day, the postman would go to the outskirts of town, where the stranger lived, weighed down by a bundle of letters from all over the world, glossy magazines in odd languages, books, packages...

When Fabrício, the stonemason, returned from a job at

4 Reference to Nicholas Flamel (1330? -1418), a successful French merchant, scribe, copyist, and book seller who earned a reputation as an alchemist after his supposed works of creating the philosopher's stone, the elixir of long life, and being able to perform the transmutation of common metals into gold by means of a mysterious book.

I

Ninguém sabia donde viera aquele homem. O agente do Correio pudera apenas informar que acudia ao nome de Raimundo Flamel[4], pois assim era subscrita a correspondência que recebia. E era grande. Quase diariamente, o carteiro lá ia a um dos extremos da cidade, onde morava o desconhecido, sopesando um maço alentado de cartas vindas do mundo inteiro, grossas revistas em línguas arrevesadas, livros, pacotes...

Quando Fabrício, o pedreiro, voltou de um serviço em

4 Referência a Nicolau Flamel (1330?-1418), mercador, escrivão, copista e vendedor de livros de sucesso francês que obteve reputação de alquimista após os seus supostos trabalhos de criação da pedra filosofal, o elixir da longa vida, e realizado a transmutação de metais comum em ouro por meio de um livro misterioso.

the new man's home, everyone at the store asked him what it was he had just done.

— I'm making a kiln, the black man said. In the living room.

Just imagine the amazement at a small town like Tubiacanga, to hear of such extravagant construction: a kiln in the living room! On the following days, Fabrício told them he saw other things as well — rounds flasks, dull knives, glasses like the druggist's, a whole host of weird objects arrayed on the tables and shelves, like Satan's own kitchenware.

The alarm sounded in the village. To some, the more forward-thinking, he was a counterfeiter; to others, the believers and the simpleton, someone who had a pact with the devil.

Driving past the mysterious man's house with his squeaky oxcart and watched the chimney of the dining room steaming, Chico da Tirana, the carter, would cross over himself and mutter the "credo"; and if not for the pharmacist's intervention, the deputy sheriff would have besieged the home of that suspicious individual who had disquieted the imagination of a whole population.

Considering the information provided by Fabrício, the apothecary Bastos concluded the stranger must be a wise man, a great chemist taking refuge in their town to conduct his scientific work in peace and quiet.

A well-respected man about town, a college graduate, an alderman as well as a physician, since Dr. Jerônimo didn't like writing prescriptions and had become a partner in the pharmacy to save himself the bother, Bastos's opinion made everyone's minds rest easy. The person of that great chemist, now residing in their midst, came to be surrounded by the town's quiet admiration.

In the afternoon, if they saw him hiking along Tubiacanga, taking a seat here and there, lost in his own thoughts as he

casa do novo habitante, todos na venda perguntaram-lhe que trabalho lhe tinha sido determinado.

— Vou fazer um forno, disse o preto, na sala de jantar.

Imaginem o espanto da pequena cidade de Tubiacanga, ao saber de tão extravagante construção: um forno na sala de jantar! E, pelos dias seguintes, Fabrício pôde contar que vira balões de vidro, facas sem corte, copos como os da farmácia — um rol de coisas esquisitas a se mostrarem pelas mesas e prateleiras como utensílios de uma bateria de cozinha em que o próprio diabo cozinhasse.

O alarme se fez na vila. Para uns, os mais adiantados, era um fabricante de moeda falsa; para outros, os crentes e simples, um tipo que tinha parte com o tinhoso.

Chico da Tirana, o carreiro, quando passava em frente da casa do homem misterioso, ao lado do carro a chiar, e olhava a chaminé da sala de jantar a fumegar, não deixava de persignar-se e rezar um "credo" em voz baixa; e, não fora a intervenção do farmacêutico, o subdelegado teria ido dar um cerco à casa daquele indivíduo suspeito, que inquietava a imaginação de toda uma população.

Tomando em consideração as informações de Fabrício, o boticário Bastos concluíra que o desconhecido devia ser um sábio, um grande químico, refugiado ali para mais sossegadamente levar avante os seus trabalhos científicos.

Homem formado e respeitado na cidade, vereador, médico também, porque o doutor Jerônimo não gostava de receitar e se fizera sócio da farmácia para mais em paz viver, a opinião de Bastos levou tranquilidade a todas as consciências e fez com que a população cercasse de uma silenciosa admiração à pessoa do grande químico, que viera habitar a cidade.

De tarde, se o viam a passear pela margem do Tubiacanga, sentando-se aqui e ali, olhando perdidamente as águas claras do riacho, cismando diante da penetrante melancolia

watched the clear waters of the stream, his brow furrowed at the piercing wistfulness of twilight, they found themselves not rarely appending "doctor" to their "good evenings." The deep empathy with which he treated children, the way he gazed at them, as if taking pity they had been born to suffer and die, struck a deep chord in their hearts.

In fact, as the sun went down, it was wonderful to watch the messianic kindness he displayed when playing with the black children, as smooth-skinned as they are ill-mannered, in depths of their moral bondage, and white children as well, their skin sallow and rough and cracked, drowning in the necessary enfeeblement of the Tropics.

Sometimes, he would wonder for what reason Bernardin de Saint-Pierre[5] had spent all his tender feelings on Paul and Virginia and none on the slaves around them...

In a few days, the admiration for the wise man was widespread, and failed to be unanimous only because there was one man who held the new citizen's merits in low regard.

The schoolmaster Captain Pelino, who also ran the Tubiacanga Gazette, the local paper of the ruling party, had it in for the wise man. "You'll see," he said, "what sort of fellow this one is... A swindler, a knave, maybe a thief fled from Rio."

His opinion was based on nothing, or better yet, on his secret resentment at seeing a rival for the acclaim as a wise man he so enjoyed. Not that Pelino was a chemist, far from it, but as a grammarian, he was a wise man as well. No one wrote in Tubiacanga without a harangue from Captain Pelino, and even when one mentioned some grandee from Rio, he never failed to say "Indubitably! The man is talented, but he does split his infinitives..." and purse his slips, as if tasting something bitter.

5 Jacques-Henri Bernardin de Saint-Pierre (1737-1814), French botanist and writer, author of the novel "Paul et Virginie", as well as poems, short stories, prose poems and numerous works on botany and the natural sciences.

do crespúsculo, todos se descobriam e não era raro que às "boas noites" acrescentassem "doutor". E tocava muito o coração daquela gente a profunda simpatia com que ele tratava as crianças, a maneira pela qual as contemplava, parecendo apiedar-se de que elas tivessem nascido para sofrer e morrer.

Na verdade, era de ver-se, sob a doçura suave da tarde, a bondade de Messias com que ele afagava aquelas crianças pretas, tão lisas de pele e tão tristes de modos, mergulhadas no seu cativeiro moral, e também as brancas, de pele baça, gretada e áspera, vivendo amparadas na necessária caquexia dos trópicos.

Por vezes, vinha-lhe vontade de pensar qual a razão de ter Bernardin de Saint-Pierre[5] gasto toda a sua ternura com Paulo e Virgínia e esquecer-se dos escravos que os cercavam...

Em poucos dias a admiração pelo sábio era quase geral, e não o era unicamente porque havia alguém que não tinha em grande conta os méritos do novo habitante.

Capitão Pelino, mestre-escola e redator da Gazeta de Tubiacanga, órgão local e filiado ao partido situacionista, embirrava com o sábio. "Vocês hão de ver, dizia ele, quem é esse tipo... Um caloteiro, um aventureiro ou talvez um ladrão fugido do Rio."

A sua opinião em nada se baseava, ou antes, baseava-se no seu oculto despeito vendo na terra um rival para a fama de sábio de que gozava. Não que Pelino fosse químico, longe disso; mas era sábio, era gramático. Ninguém escrevia em Tubiacanga que não levasse bordoada do capitão Pelino, e mesmo quando se falava em algum homem notável lá no Rio, ele não deixava de dizer: "Não há dúvida! O homem tem talento, mas escreve: 'um outro', 'de resto'...". E contraía os lábios como se tivesse engolido alguma coisa amarga.

5 Jacques-Henri Bernardin de Saint-Pierre (1737-1814), botânico e escritor francês, autor do romance "Paul et Virginie", além de poemas, contos, poemas em prosa e de inúmeros trabalhos sobre botânica e ciências naturais.

The whole village of Tubiacanga grew accustomed to respecting solemn Pelino, who corrected and amended the great national glories. A wise man indeed...

At dusk, after reading a little from Sotero, Cândido de Figueiredo or Castro Lopes[6], and having re-applied dye to his hair, the old schoolmaster would set off from his home in his buttoned-down jacket of Minas denim, and head slowly to Bastos's drugstore for some conversation. That is a figure of speech, though, because Pelino guarded his words jealously, and limited himself to listening. But when someone committed any minor slip, when their language was the least bit imperfect, Pelino would intervene with a correction. If the postmaster said "to rightly assure you", then Pelino would interject with evangelical tameness: "Do not say 'to rightly assure,' Mr. Bernardes, but 'rightly to assure', in the correct and vernacular form."

And the conversation would continue after his emendation, only to be interrupted again by another. Many conversationalists had left his company for this reason, among others, but Pelino remained indifferent, assured of his duties, and continued the apostleship of the vernaculism. The wise man's arrival had distracted him a little from his mission, and now all his efforts were focused on struggling against the unexpected rival.

His words and his eloquence were in vain: not only did Raimundo Flamel pay his bills on due time, he was also generous — a father to the poor — and the pharmacist had seen his name mentioned in a trade magazine as a chemist of merit.

6 Francisco Sotero dos Reis (1800-1871), Brazilian writer and grammarian; Antonio Cândido de Figueiredo (1846-1925), Portuguese writer and philologist; Antonio de Castro Lopes (1827-1901), Brazilian writer and Latinist.

Toda a vila de Tubiacanga acostumou-se a respeitar o solene Pelino, que corrigia e emendava as maiores glórias nacionais. Um sábio...

Ao entardecer, depois de ler um pouco o Sotero, o Cândido de Figueiredo ou o Castro Lopes[6], e de ter passado mais uma vez a tintura nos cabelos, o velho mestre-escola saía vagarosamente de casa, muito abotoado no seu paletó de brim mineiro, e encaminhava-se para a botica do Bastos a dar dois dedos de prosa. Conversar é um modo de dizer, porque era Pelino avaro de palavras, limitando-se tão somente a ouvir. Quando, porém, dos lábios de alguém escapava a menor incorreção de linguagem, intervinha e emendava. "Eu asseguro, dizia o agente do Correio, que..." Por aí, o mestre-escola intervinha com mansuetude evangélica: "Não diga 'asseguro', senhor Bernardes; em português é garanto".

E a conversa continuava depois da emenda, para ser de novo interrompida por uma outra. Por essas e outras, houve muitos palestradores que se afastaram, mas Pelino, indiferente, seguro dos seus deveres, continuava o seu apostolado de vernaculismo. A chegada do sábio veio distraí-lo um pouco da sua missão. Todo o seu esforço voltava-se agora para combater aquele rival, que surgia tão inopinadamente.

Foram vãs as suas palavras e a sua eloquência: não só Raimundo Flamel pagava em dia as suas contas, como era generoso — pai da pobreza — e o farmacêutico vira numa revista de específicos seu nome citado como químico de valor.

6 Francisco Sotero dos Reis (1800-1871), escritor e gramático brasileiro; Antônio Cândido de Figueiredo (1846-1925), escritor e filólogo português; Antônio de Castro Lopes (1827-1901), escritor e latinista brasileiro.

II

One fine morning, years after the chemist had first moved to Tubiacanga, Bastos watched him as he entered the drugstore. The pleasure of the pharmacist was immense. The wise man had thus far not stooped to visit anyone at all; once, when the sexton Orestes had dared cross his threshold to ask for alms for the coming feast of Our Lady of the Immaculate Conception, he was visibly displeased to receive him.

Upon seeing him, Bastos rushed from behind the counter to welcome him with a perfect demonstration of his knowledge of who the man was. Bastos almost shouted as he greeted him:

— Welcome, doctor.

The wise man seemed unsurprised by the pharmacist's show of respect or by the university title bestowed. He glanced

II

Havia já anos que o químico vivia em Tubiacanga, quando, uma bela manhã, Bastos o viu entrar pela botica adentro. O prazer do farmacêutico foi imenso. O sábio não se dignara até aí visitar fosse quem fosse e, certo dia, quando o sacristão Orestes ousou penetrar em sua casa, pedindo-lhe uma esmola para a futura festa de Nossa Senhora da Conceição, foi com visível enfado que ele o recebeu e atendeu.

Vendo-o, Bastos saiu de detrás do balcão, correu a recebê-lo com a mais perfeita demonstração de quem sabia com quem tratava e foi quase em uma exclamação que disse:

— Doutor, seja bem-vindo.

O sábio pareceu não se surpreender nem com a demonstração de respeito do farmacêutico, nem com o tratamento

at the shelves lined with medications before gently replying to his host.

— I would like to speak to you in private, Mr. Bastos.

The pharmacist was amazed. What use could he be to a man whose name was known throughout the world, whom the newspapers mentioned with the most unadulterated respect? Money, perhaps? Yes, perhaps... Some delay in his income, who knows? And so he led the chemist into his home, under the astonished eyes of his apprentice, who for a moment let the pestle rest on the mortar where he was grinding any herbal tea.

They finally reached the small room in the back, right in the back, he used for longer medical examination and for small operations, since Bastos performed surgeries as well. They took a seat and Flamel said with no delay:

— As you might be aware, I'm a man of Chemistry, with some renown in the world of knowledge…

— I am perfectly aware, doctor, and I have even informed my friends in the region.

— Thank you. Well, I have made a major discovery, truly momentous…

Embarrassed at his own excitement, the wise man took a break before continuing.

— A discovery… But for now, it wouldn't do to convey it to the world of wisdom. Do you see what I mean?

— Absolutely.

— That is why I need three highly-respected people to witness it in action, who could attest to it in writing to safeguard my claim to primacy… You understand how these things go, some unforeseen accident and…

— Certainly! No question!

— You see, sir, it's about making gold…

universitário. Docemente, olhou um instante a armação cheia de medicamentos e respondeu:

— Desejava falar-lhe em particular, senhor Bastos.

O espanto do farmacêutico foi grande. Em que poderia ele ser útil ao homem, cujo nome corria mundo e de quem os jornais falavam com tão acendrado respeito? Seria dinheiro? Talvez... Um atraso no pagamento das rendas, quem sabe? E foi conduzindo o químico para o interior da casa, sob o olhar espantado do aprendiz que, por um momento, deixou a "mão" descansar no gral, onde macerava uma tisana qualquer.

Por fim, achou ao fundo, bem no fundo, o quartinho que lhe servia para exames médicos mais detidos ou para as pequenas operações, porque Bastos também operava. Sentaram-se e Flamel não tardou a expor:

— Como o senhor deve saber, dedico-me à química, tenho mesmo um nome respeitado no mundo sábio...

— Sei perfeitamente, doutor, mesmo tenho disso informado, aqui, aos meus amigos.

— Obrigado. Pois bem: fiz uma grande descoberta, extraordinária...

Envergonhado com o seu entusiasmo, o sábio fez uma pausa e depois continuou:

— Uma descoberta... Mas não me convém, por ora, comunicar ao mundo sábio, compreende?

— Perfeitamente.

— Por isso precisava de três pessoas conceituadas que fossem testemunhas de uma experiência dela e me dessem um atestado em forma, para resguardar a prioridade da minha invenção... O senhor sabe: há acontecimentos imprevistos e...

— Certamente! Não há dúvida!

— Imagine o senhor que se trata de fazer ouro...

— What? What did you say?, Bastos, wide-eyed, asked.

— Indeed! Gold!, Flamel confirmed, firmly.

— How?

— You'll see, the chemist blunty replied. At the moment, the matter at hand is who shall witness the experiment, don't you agree?

— Certainly, your rights must be protected, since...

— You'll be one, the wise man interrupted. I would be obliged if you could suggest the other two, Mr. Bastos.

The apothecary thought for a moment, considering all his friends and acquaintances for three minutes before inquiring:

— How about Colonel Bentes? Do you know him?

— I don't. You know I have no friends here.

— I can assure you he's a serious man, rich and very discreet.

— Is he religious? I ask you that question, Flamel added hastily, because we'll be dealing with human bones, and nothing else will do...

— Not at all! He's almost an atheist...

— Good! I'll take him. And the second man?

Bastos got back to thinking once more, taking even longer to rummage through his recollections.

— There's Lieutenant Carvalhais, the collector, he said at last. Do you know him?

— As I've told you...

— That's true. He's a reliable man, very serious, but...

— What about him?

— He's a freemason.

— Even better.

— Como? O quê? fez Bastos, arregalando os olhos.

— Sim! Ouro! disse, com firmeza, Flamel.

— Como?

— O senhor saberá, disse o químico secamente. A questão do momento são as pessoas que devem assistir à experiência, não acha?

— Com certeza, é preciso que os seus direitos fiquem resguardados, porquanto...

— Uma delas, interrompeu o sábio, é o senhor; as outras duas, o senhor Bastos fará o favor de indicar-me.

O boticário esteve um instante a pensar, passando em revista os seus conhecimentos e, ao fim de uns três minutos, perguntou:

— O coronel Bentes lhe serve? Conhece?

— Não. O senhor sabe que não me dou com ninguém aqui.

— Posso garantir-lhe que é homem sério, rico e muito discreto.

— É religioso? Faço-lhe esta pergunta, acrescentou Flamel logo, porque temos que lidar com ossos de defunto e só estes servem...

— Qual! É quase ateu...

— Bem! Aceito. E o outro?

Bastos voltou a pensar e dessa vez demorou-se um pouco mais consultando a sua memória... Por fim, falou:

— Será o tenente Carvalhais, o coletor, conhece?

— Como já lhe disse...

— É verdade. É homem de confiança, sério, mas...

— Que é que tem?

— É maçom.

— Melhor.

— When is it?

— Sunday. This Sunday, the three of you will pay me a visit to watch the experiment, and I do hope you will do me the favour of signing a document averring my discovery.

— Of course.

Sunday, as promised, the three respectable citizens of Tubiacanga went to Flamel's home. A few days later, he vanished under mysterious circumstances, leaving behind no clue or explanation for his disappearance.

— E quando é?

— Domingo. Domingo, os três irão lá em casa assistir à experiência e espero que não me recusarão as suas firmas para autenticar a minha descoberta.

— Está tratado.

Domingo, conforme prometeram, as três pessoas respeitáveis de Tubiacanga foram à casa de Flamel, e, dias depois, misteriosamente, ele desaparecia sem deixar vestígios ou explicação para o seu desaparecimento.

III

Tubiacanga was very peaceful, a small town of three to four thousand inhabitants, where the express train would stop at its station from time to time. No theft or robbery had been recorded there in five years, and doors and windows were only installed, well, because that's the common practice in Rio.

The only crime registered in its scarce records was a murder committed at the time of the municipal elections; but, given that the murderer mirrored the situation, and the victim, to the opposition, the event had in no way altered its habits. Tubiacanga kept exporting its coffee, and its cottages still looked out at the shallow waters of the creek whose name was lent to.

III

Tubiacanga era uma pequena cidade de três ou quatro mil habitantes, muito pacífica, em cuja estação, de onde em onde, os expressos davam a honra de parar. Há cinco anos não se registrava nela um furto ou roubo. As portas e janelas só eram usadas... porque o Rio as usava.

O único crime notado em seu pobre cadastro fora um assassinato por ocasião das eleições municipais; mas, atendendo que o assassino era do partido do governo, e a vítima da oposição, o acontecimento em nada alterou os hábitos da cidade, continuando ela a exportar o seu café e a mirar as suas casas baixas e acanhadas nas escassas águas do pequeno rio que a batizara.

Therefore, its citizens were stunned to find one of the most revolting crimes in living memory had been committed there! It wasn't a case of dismemberment or patricide; a whole family hadn't been murdered, or the tax collector's office robbed; it was something worse, sacrilegious for all religions and all consciences: the graves of "Tranquillity," the local burial ground, had been raided.

At first, the gravedigger thought dogs had been responsible, but a thorough search of the walls found nothing but small holes. He closed them; it was no use. On the following day, a crypt had been broken into, and the bones taken away; the day after that, an ossuary and a shallow grave had the same fate. It was the work of either men or demons. The gravedigger wouldn't continue the search on his own and went to the deputy sheriff, and so the news spread around town.

The outrage was evident in everyone's faces and everyone's demands. The religion of death comes before all others, and will certainly be the last to die in our minds. The six presbyters of Tubiacanga, known as the Biblemen among the populace, cried out against the profanation; as did the surveyor Nicolau, a former cadet, and a positivist of the Teixeira Mendes[7] rite; Major Camanho, grand master of the New Hope Masonic Lodge; the haberdasher Miguel Abudala, a Turk; and skeptical Belmiro, a former student who lived in total abandonment, guzzling parati[8] in the bars around town. The daughter of the railroad's resident engineer, who had always derided the

7 Raimundo Teixeira Mendes (1855-1927) was a Brazilian philosopher and mathematician, author of the design of the republican Brazilian national flag, of vigorous political action and continuous philosophical, social and religious performance, based on the principles proposed by the French philosopher Augusto Comte, creator of Positivism, through its religious version (the Religion of Humanity) with the foundation of the Positivist Church of Brazil, whose headquarters is to this day in the city of Rio de Janeiro.

8 Another term used to designate cachaça; its origin goes back to the city of Parati, one of the major producers of the beverage for centuries.

Mas, qual não foi a surpresa dos seus habitantes quando se veio a verificar nela um dos mais repugnantes crimes de que se tem memória! Não se tratava de um esquartejamento ou parricídio; não era o assassinato de uma família inteira ou um assalto à coletoria; era coisa pior, sacrílega aos olhos de todas as religiões e consciências: violavam-se as sepulturas do "Sossego", do seu cemitério, do seu campo-santo.

Em começo, o coveiro julgou que fossem cães, mas, revistando bem o muro, não encontrou senão pequenos buracos. Fechou-os; foi inútil. No dia seguinte, um jazigo perpétuo arrombado e os ossos saqueados; no outro, um carneiro e uma sepultura rasa. Era gente ou demônio. O coveiro não quis mais continuar as pesquisas por sua conta, foi ao subdelegado e a notícia espalhou-se pela cidade.

A indignação na cidade tomou todas as feições e todas as vontades. A religião da morte precede todas e certamente será a última a morrer nas consciências. Contra a profanação, clamaram os seis presbiterianos do lugar — os bíblias, como lhes chama o povo; clamava o agrimensor Nicolau, antigo cadete, e positivista do rito Teixeira Mendes[7]; clamava o major Camanho, presidente da loja Nova Esperança; clamavam o turco Miguel Abudala, negociante de armarinho, e o cético Belmiro, antigo estudante, que vivia ao deus-dará, bebericando parati[8] nas tavernas. A própria filha do engenheiro residente da estrada de ferro, que vivia desdenhando aquele lugarejo, sem notar sequer os suspiros dos apaixonados locais, sempre

7 Raimundo Teixeira Mendes (1855- 1927) foi um filósofo e matemático brasileiro, autor do desenho da bandeira nacional brasileira republicana, de atuação política vigorosa e contínua atuação filosófica, social e religiosa, baseada nos princípios propostos pelo filósofo francês Augusto Comte, o criador do Positivismo, através da sua versão religiosa (a Religião da Humanidade) com a fundação da Igreja Positivista do Brasil, cuja sede encontra-se localizada na cidade do Rio de Janeiro até os dias de hoje.

8 Outro termo utilizado para designar a cachaça; sua origem remonta à cidade de Parati, uma das grandes produtoras da bebida durante séculos.

village, hardly noticing the sighs of her local suitors, a woman who lived in hope that the next train would bring a prince to take her hand, beautiful and disdainful Cora, could not but share the outrage and horror those actions had aroused in everyone in town. Why did she care about the graves of former slaves and humble farmhands? What could her beautiful brown eyes see in the destiny of such humble bones? Would their theft in any way disturb her dream of flashing the beauty of her smile, her eyes, her frame on the sidewalks of Rio?

Of course not. But this was Death, relentless, almighty Death, to whom she felt enslaved as much as anyone, and who would one day take her beautiful little skull to its eternal rest in a cemetery plot. And Cora wanted her bones settled comfortably in a well-made coffin, buried in a secure grave, after her flesh had ceased charming and delighting the worms...

No one was more outraged than Pelino, however. The teacher had written an editorial that roared and raged. "Never in the annals of crime," Pelino wrote, "abounding as it does in repugnant facts, such as the dismemberment of Maria Macedo[9] and the strangulation of the Fuoco brothers[10], has one as loathsome as the grave robbery at the 'Tranquillity been recorded.'"

And the village was now in high alert. No one looked in peace anymore; businesses were at a standstill, and dating had been suspended. Day after day, dark clouds loomed over their homes, while at night everyone heard noises and moans,

9 Maria de Macedo's mutilated body was found in a basket in 1892. The case reached a great deal of public commotion and repercussion and was discussed in the country's leading newspapers for several months.

10 Brothers Paulino and Carlo Fuoco, fifteen and seventeen years old, worked and slept in their uncle's jewellery store and were murdered in October 1906 by Eugênio Rocca, Justino "Carletto" Carlo and Jerome Pigato. The sensational case inspired several songs, theatre plays and even the making of the first Brazilian fiction movie, "Os Estranguladores" ("The Stranglers"), directed by Francisco Marzullo, 1908, and inspired by the theatre play "A Quadrilha da Morte" ("The Death Gang"), by Rafael Pinheiro and Figueiredo Pimentel.

esperando que o expresso trouxesse um príncipe a desposá-la —, a linda e desdenhosa Cora não pôde deixar de compartilhar da indignação e do horror que tal ato provocara em todos do lugarejo. Que tinha ela com o túmulo de antigos escravos e humildes roceiros? Em que podia interessar aos seus lindos olhos pardos o destino de tão humildes ossos? Porventura o furto deles perturbaria o seu sonho de fazer radiar a beleza de sua boca, dos seus olhos e do seu busto nas calçadas do Rio?

Decerto, não; mas era a Morte, a Morte implacável e onipotente, de que ela também se sentia escrava, e que não deixaria um dia de levar a sua linda caveirinha para a paz eterna do cemitério. Aí Cora queria os seus ossos sossegados, quietos e comodamente descansando num caixão bem feito e num túmulo seguro, depois de ter sido a sua carne encanto e prazer dos vermes...

O mais indignado, porém, era Pelino. O professor deitara artigo de fundo, imprecando, bramindo, gritando: "Na história do crime, dizia ele, já bastante rica de fatos repugnantes, como sejam: o esquartejamento de Maria de Macedo[9], o estrangulamento dos irmãos Fuoco[10], não se registra um que o seja tanto como o saque às sepulturas do 'Sossego'".

E a vila vivia em sobressalto. Nas faces não se lia mais paz; os negócios estavam paralisados; os namoros suspensos. Dias e dias por sobre as casas pairavam nuvens negras e, à noite, todos ouviam ruídos, gemidos, barulhos sobrenaturais...

9 O corpo mutilado de Maria de Macedo foi encontrado dentro de um cesto em 1892. O caso atingiu grande comoção e repercussão pública e foi discutido nos principais jornais do país por vários meses.

10 Os irmãos Paulino e Carlo Fuoco, de quinze e dezessete anos, trabalhavam e dormiam na joalheria do tio e foram assassinados em outubro de 1906 por Eugênio Rocca, Justino "Carletto" Carlo e Jerônimo Pigato. O caso sensacional inspirou diversas canções, peças de teatro e até mesmo a realização do primeiro filme de ficção brasileiro, "Os Estranguladores", de 1908, realizado por Francisco Marzullo, e inspirado na peça teatral "A Quadrilha da Morte", de Rafael Pinheiro e Figueiredo Pimentel.

a supernatural din, like the dead crying out for vengeance...

The raiding, however, went on unabated. Every day, two or three graves were dug out and emptied of their gruesome content. The whole town resolved to go "en masse" to the cemetery in order to safeguard the bones of their ancestors. They arrived early but, feeling sleepy and fatigued, one after the other started to leave. In the wee hours of the night, no sentries were left. That day, the gravedigger found two more graves had been opened and their bones hauled off to parts unknown.

They decided to organize a patrol. Ten determined men swore before the deputy sheriff to watch over the graveyard at night.

Nothing out of the ordinary happened on that first night, or the second and the third; on the fourth, however, when the watchers were close to dozing off, one of them caught a glimpse of a figure sneaking around the ossuary block. They rushed over and managed to catch two of the ghouls. Their anger and outrage had inflamed their spirits, the watchers could not contain themselves, and gave them such a drubbing that the body-snatchers were left for dead on the ground.

The news spread from house to house and, the next morning, when time came to reveal the identity of the two miscreants, the whole town recognized tax collector Carvalhais and Colonel Bentes, a rich landowner and president of the local legislature. The latter still lived and, under repeated questioning, told them he was gathering bones to make gold and that the town pharmacist was the accomplice who had fled.

There were both horror and hope. Making gold out of bones? Could it be possible? But how, that rich, well-respected man would not stoop to grave-robbing if such a thing weren't true!

If it was indeed possible, if those humble remains could

Parecia que os mortos pediam vingança...

O saque, porém, continuava. Toda noite eram duas, três sepulturas abertas e esvaziadas de seu fúnebre conteúdo. Toda a população resolveu ir em massa guardar os ossos dos seus maiores. Foram cedo, mas, em breve, cedendo à fadiga e ao sono, retirou-se um, depois outro e, pela madrugada, já não havia nenhum vigilante. Ainda nesse dia o coveiro verificou que duas sepulturas tinham sido abertas e os ossos levados para destino misterioso.

Organizaram então uma guarda. Dez homens decididos juraram perante o subdelegado vigiar durante a noite a mansão dos mortos.

Nada houve de anormal na primeira noite, na segunda e na terceira; mas, na quarta, quando os vigias já se dispunham a cochilar, um deles julgou lobrigar um vulto esgueirando-se por entre a quadra dos carneiros. Correram e conseguiram apanhar dois dos vampiros. A raiva e a indignação, até aí sopitadas no ânimo deles, não se contiveram mais e deram tanta bordoada nos macabros ladrões, que os deixaram estendidos como mortos.

A notícia correu logo de casa em casa e, quando, de manhã, se tratou de estabelecer a identidade dos dois malfeitores, foi diante da população inteira que foram neles reconhecidos o coletor Carvalhais e o coronel Bentes, rico fazendeiro e presidente da Câmara. Este último ainda vivia e, a perguntas repetidas que lhe fizeram, pôde dizer que juntava os ossos para fazer ouro e o companheiro que fugira era o farmacêutico.

Houve espanto e houve esperanças. Como fazer ouro com ossos? Seria possível? Mas aquele homem rico, respeitado, como desceria ao papel de ladrão de mortos se a coisa não fosse verdade!

Se fosse possível fazer, se daqueles míseros despojos

be turned into a few thousand mil-réis[11], then wouldn't it be good for everyone?

The postman, who long dreamed of seeing his son's graduation, saw in it the means to achieve it. Castrioto, the law clerk who worked for the justice of the peace, had last year managed to buy a house, but hadn't fenced it yet, and considered the wall he could build to protect his crops and his cattle. Farmer Marques, who had for years struggled to find pasture, thought immediately of Costa's green fields, where his cattle could grow fat and strong...

To each one's needs, those bones turning into gold would bring happiness and satisfaction. And two or three thousand people, men, women and children, young and old men, ran as if they were one single body to the pharmacist's home.

With great effort, the deputy sheriff managed to stop people from ransacking the drugstore and contain them to the town square, waiting for the man who held the secret of a whole Potosi. He did not take long to come out. Perched on a chair, holding a small gold ingot gleaming under the bright morning sun, Bastos asked for mercy, promising to teach the secret if they spared him his life. "We want it now," they screamed. And so, he explained he'd need to write out the recipe, describe the process step by step, and name the reactive agents; really, it would take some time, and he could not deliver a printed copy before the next day. There was a low rumble, some actually shouted, but the deputy sheriff spoke up and took responsibility for the result.

Reasonably, with that particular sweetness to outraged mobs, they each went to their own home, all with a single thought in mind: to collect immediately as many human bones as they possibly could.

11 The "real" was the Brazilian currency in circulation until 1942, when it was replaced by the "cruzeiro". One "conto" of réis amounted to one million réis or one thousand mil-reis.

fúnebres se pudesse fazer alguns contos de réis[11], como não seria bom para todos eles!

O carteiro, cujo velho sonho era a formatura do filho, viu logo ali meios de consegui-la. Castrioto, o escrivão do juiz de paz, que no ano passado conseguiu comprar uma casa, mas ainda não a pudera cercar, pensou no muro, que lhe devia proteger a horta e a criação. Pelos olhos do sitiante Marques, que andava desde anos atrapalhado para arranjar um pasto, pensou logo no prado verde do Costa, onde os seus bois engordariam e ganhariam forças...

Às necessidades de cada um, aqueles ossos que eram ouro viriam atender, satisfazer e felicitá-los; e aqueles dois ou três milhares de pessoas, homens, crianças, mulheres, moços e velhos, como se fossem uma só pessoa, correram à casa do farmacêutico.

A custo, o subdelegado pôde impedir que varejassem a botica e conseguir que ficassem na praça, à espera do homem que tinha o segredo de todo um Potosi. Ele não tardou a aparecer. Trepado a uma cadeira, tendo na mão uma pequena barra de ouro que reluzia ao forte sol da manhã, Bastos pediu graça, prometendo que ensinaria o segredo, se lhe poupassem a vida. "Queremos já sabê-lo," gritaram. Ele então explicou que era preciso redigir a receita, indicar a marcha do processo, os reativos — trabalho longo que só poderia ser entregue impresso no dia seguinte. Houve um murmúrio, alguns chegaram a gritar, mas o subdelegado falou e responsabilizou-se pelo resultado.

Docilmente, com aquela doçura particular às multidões furiosas, cada qual se encaminhou para casa, tendo na cabeça um único pensamento: arranjar imediatamente a maior porção de ossos de defunto que pudesse.

11 O real foi a moeda brasileira em circulação até o ano de 1942, quando foi substituído pelo cruzeiro. Um conto de réis equivalia a um milhão de réis ou mil mil-réis.

Success reached as far as the railroad engineer's home. At dinner, there was no other subject. The doctor strung together what he still remembered from his studies, stating it was impossible. It was sheer alchemy, a dead concept: gold is gold, a simple substance, and bone is bone, a compound, calcium phosphate. To think you could make one out of the other was "nonsense." Cora enjoyed a good, regal laugh at the imbecility of those uncultured bumpkins; her mother, Mrs. Emília, though, had faith such thing was indeed possible.

At night, however, once he realized his wife was asleep, the doctor jumped out the window and ran straight for the cemetery; Cora, barefoot and with her slippers in hand, wanted to ask the maid to go with her to the bone harvest. She couldn't find her, and so she went alone; while Mrs. Emília, finding herself alone, guessed where everyone had wandered off to and decided to join them. And so it happened all throughout town. Without a word to their children, fathers left; believing their husbands to be hoodwinked, wives left; sons, daughters, servants, the whole town, under the bewildered light of the stars, ran to their satanic rendezvous at the "Tranquillity." No one missed their appointment. The richest and the poorest met there. The Turkish Miguel, the schoolmaster Pelino, Dr. Jerônimo, Major Camanho, Cora, beautiful, stunning Cora, with her pretty little alabaster fingers, rummaged through the ichor oozing from the graves, tore out rotten flesh still clinging tenaciously to bones, filling up her newly-useful lap. It was her dowry she collected, and the pink, almost transparent wings of her nose flared up without feeling the stench of putrid tissue mixed with foul mud.

It did not take long for disagreements to arise; the dead were too few, not enough to satiate the living. There were stabbings, gunshots, blows. Pelino stabbed the Turk over a femur, and controversies arose even among family members. The postman and his son were the only ones not to fight. They walked together, always in agreement, and at one point the

O sucesso chegou à casa do engenheiro residente da estrada de ferro. Ao jantar, não se falou em outra coisa. O doutor concatenou o que ainda sabia do seu curso, e afirmou que era impossível. Isto era alquimia, coisa morta: ouro é ouro, corpo simples, e osso é osso, um composto, fosfato de cal. Pensar que se podia fazer de uma coisa outra era "besteira". Cora aproveitou o caso para rir-se petropolimente da crueldade daqueles botocudos; mas sua mãe, Dona Emilia, tinha fé que a coisa era possível.

À noite, porém, o doutor percebendo que a mulher dormia, saltou a janela e correu em direitura ao cemitério; Cora, de pés nus, com as chinelas nas mãos, procurou a criada para irem juntas à colheita de ossos. Não a encontrou, foi sozinha; e Dona Emília, vendo-se só, adivinhou o passeio e lá foi também. E assim aconteceu na cidade inteira. O pai, sem dizer nada ao filho, saía; a mulher, julgando enganar o marido, saía; os filhos, as filhas, os criados — toda a população, sob a luz das estrelas assombradas, correu ao satânico "rendez-vous" no "Sossego". E ninguém faltou. O mais rico e o mais pobre lá estavam. Era o turco Miguel, era o professor Pelino, o doutor Jerônimo, o Major Camanho, Cora, a linda e deslumbrante Cora, com os seus lindos dedos de alabastro, revolvia a sânie das sepulturas, arrancava as carnes, ainda podres agarradas tenazmente aos ossos e deles enchia o seu regaço até ali inútil. Era o dote que colhia e as suas narinas, que se abriam em asas rosadas e quase transparentes, não sentiam o fétido dos tecidos apodrecidos em lama fedorenta...

A desinteligência não tardou a surgir; os mortos eram poucos e não bastavam para satisfazer a fome dos vivos. Houve facadas, tiros, cachações. Pelino esfaqueou o turco por causa de um fêmur e mesmo entre as famílias questões surgiram. Unicamente, o carteiro e o filho não brigaram. Andaram juntos e de acordo e houve uma vez que o pequeno, uma esperta criança de onze anos, até aconselhou ao pai: "Papai vamos aonde está

boy, a clever eleven-year-old child even gave his father some advice. "Daddy, let's go to mommy's spot, she was so fat..."

By morning, the cemetery had more dead bodies than those it had received in its thirty years of existence. One single person hadn't been there, had neither killed nor robbed graves: the drunkard Belmiro.

He found a store with its doors left ajar and, finding it empty, filled a bottle with cachaça and sat down to drink it by the Tubiacanga. There, he watched its waters flow lazily over the rough granite bed — both he and the river indifferent to the sights, even the pharmacist's escape, carrying his Potosi and his secret, under the eternal canopy of the stars.

mamãe; ela era tão gorda..."

De manhã, o cemitério tinha mais mortos do que aqueles que recebera em trinta anos de existência. Uma única pessoa lá não estivera, não matara nem profanara sepulturas: fora o bêbado Belmiro.

Entrando numa venda, meio aberta, e nela não encontrando ninguém, enchera uma garrafa de parati e se deixara ficar a beber sentado na margem do Tubiacanga, vendo escorrer mansamente as suas águas sobre o áspero leito de granito — ambos, ele e o rio, indiferentes ao que já viram, mesmo à fuga do farmacêutico, com o seu Potosi e o seu segredo, sob o dossel eterno das estrelas.

NUMA e a NINFA

NUMA and the NYMPH

[12]On the street, no one failed to notice the couple. She wasn't very tall, but her forehead was straight and authoritative, her eyes steady, a gash across her head, and her perky breasts would entitle her somehow a powerful, dominant, proud look; he was a wispy little man sporting a patchy beard, but everyone acknowledged his talent and sophistication. A two-term congressman, he had not stood out at first, but one morning he surprised everyone with a "career-maker," such a beautiful, solid and brilliant speech that had everyone in awe while they watched it proffered from lips that, so far, had been hermetically sealed.

It all came about during the great debates in Congress over a bill proposing the establishment of a new state from the land acquired due to certain clauses of a recent diplomatic treaty.

12 "Numa and the Nymph" was published on June 3, 1911 by the Rio de Janeiro newspaper Gazeta da Tarde. Lima Barreto later developed a novel with the same title ("Numa and the Nymph") that was published in daily leaflets by the Rio de Janeiro newspaper "A Noite", between March 15 and July 26, 1915. The author took advantage of the elaboration of novel, excerpts and characters from the original publication and from the tale "The Adventures of Dr. Bogoloff".

[12]Na rua não havia quem não apontasse a união daquele casal. Ela não era muito alta, mas tinha uma fronte reta e dominadora, uns olhos de visada segura, rasgando as cabeças, o busto erguido, de forma a possuir não sei que ar de força, de domínio, de orgulho; ele era pequenino, sumido, tinha a barba rala, mas todos lhe conheciam o talento e a ilustração. Deputado há bem duas legislaturas, não fizera em começo grande figura; entretanto, surpreendendo todos, um belo dia fez um "brilhareto", um lindo discurso tão bom e sólido que toda a gente ficou admirada de sair de lábios que até então ali estiveram hermeticamente fechados.

Foi por ocasião do grande debate que provocou, na Câmara, o projeto de formação de um novo estado, com terras adquiridas por força de cláusulas de um recente tratado diplomático.

12 O conto "Numa e a Ninfa" foi publicado em 3 de junho de 1911 pelo jornal "Gazeta da Tarde", do Rio de Janeiro. Lima Barreto desenvolveu posteriormente uma novela com o mesmo título ("Numa e a Ninfa") que foi publicada em folhetins diários pelo jornal carioca "A Noite", entre 15 de março e 26 de julho de 1915. O autor aproveitou, na elaboração da novela, trechos e personagens da publicação original e do conto "As Aventuras do Dr. Bogoloff".

I believe everyone still perfectly remembers how the issue excited political passions and how much the opposition and government parties quarrelled over an apparently harmless matter. For brevity's sake, it would not do to recollect every aspect of such issue since it is still pervasive in this day and age; we only need to recall the arrival of Numa Pompílio de Castro, a congressman representing the State of Sernambi, and welcome him into the picture.

Numa, henceforth regarded as the consummate congressman in all pomp and circumstance, a man of great intellect, had been elected to congress thanks to the influence of senator Neves Cogominho, his father-in-law and head of the Cogominho's dynasty, which from the start of the Republic had seized on jobs, income, representations, and whatever else that those meek satrapy had to offer in terms of government and administration.

Numa's story was simple. The son of a servant at a Northern military hospital, he had, as a result of personal effort and hard work, earned a law degree. Not that he had an innate love of study or legal philosophy. There was nothing like that in the poor undergraduate. Studying these subjects was an excruciating torment for him. Numa wanted to be a lawyer so he could hold positions and acquire wealth, and thus find a more cost-effective way to complete his examinations. He wouldn't open books; I do believe he never set his eyes on any material which had a close or remote connection to his courses in five years of his tertiary education. He memorized brochures, notes and, with such acquired knowledge, he took the tests and got satisfactory grades.

Once, however, he did not do so well, which caused him to lose one medal and one trip as a winner's prize. The subject matter was arsenic, during the oral exam on medical jurisprudence. His notes had been plagued by successive mistakes as they were written down, to the extent that Numa believed seventeen grams of arsenic could be found in the thyroid gland, as opposed to the amount of seventeen hundredths of a milligram.

Penso que todos os contemporâneos ainda estão perfeitamente lembrados do fervor da questão e da forma por que a oposição e o governo se digladiaram em torno do projeto aparentemente inofensivo. Não convém, para abreviar, relembrar aspectos de uma questão tão dos nossos dias; basta que se recorde o aparecimento de Numa Pompílio de Castro, deputado pelo estado de Sernambi, na tribuna da Câmara, por esse tempo.

Esse Numa, que ficou, daí em diante, considerado parlamentar consumado e ilustrado, fora eleito deputado, graças à influência do seu sogro, o senador Neves Cogominho, chefe da dinastia dos Cogominhos que, desde a fundação da República, desfrutava empregos, rendas, representações, tudo o que aquela mansa satrapia possuía de governamental e administrativo.

A história de Numa era simples. Filho de um pequeno empregado de um hospital militar do Norte, ele fizera-se, à custa de muito esforço, bacharel em direito. Não que houvesse nele um entranhado amor ao estudo ou às letras jurídicas. Não havia no pobre estudante nada de semelhante a isso. O estudo de tais coisas era-lhe um suplício cruciante; mas Numa queria ser bacharel, para ter cargos e proventos; e arranjou os exames da maneira mais econômica. Não abria livros; penso que nunca viu um que tivesse relação próxima ou remota com as disciplinas dos cinco anos de bacharelado. Decorava apostilas, cadernos; e, com esse saber mastigado, fazia exames e tirava distinções.

Uma vez, porém, saiu-se mal; e foi por isso que não recebeu a medalha e o prêmio de viagem. A questão foi com o arsênico, quando fazia prova oral de medicina legal. Tinha havido sucessivos erros de cópia nas apostilas, de modo que Numa dava como podendo ser encontradas na glândula tireoide dezessete gramas de arsênico, quando se tratam de dezessete centésimos de miligrama.

He did not win the accolade - a rival robbed him of it. He was heartbroken. Graduating was an accomplishment, for sure, but without that medal it felt incomplete!

Law degree him hand, he tried to practice it, but to no avail. Therefore, he moved to Rio and shadowed a rather respected politician, who in turn named him the Sernambi State Attorney in order to get rid of the such nuisance.

Gradually, his knack for tagging along prominent political figures — a skill he developed from his complete lack of emotion, imagination, or a strong and proud personality — enabled Numa to rise.

In his hands, justice served the government; and as judge, he acted as dictator of his judicial district rather than a serene arbiter of litigation.

He served as a judge at Catimbau, the best district in the state following its capital, when Neves Cogominho took over from his own uncle as governor of Sernambi.

Numa didn't want for himself a mediocre career as a country town judge. He dreamed of the state legislature, congress, the Ouvidor Street, money in his pockets, tailored suits, trips to Europe, and had his eyes set on a secure and efficient way of achieving those ventures. He would get close to the new governor, earn his trust, and be appointed to congress.

There were many candidates for the position of chief of police, but he concocted a way to become the appointee.

The first step had been taken; the rest was now up to him. The commencement day had arrived. Neves Cogominho had brought his family along. What a satisfaction he would grant his vassals for he hadn't set foot in that state for over ten years.

Among his clan there was his daughter Gilberta, a young woman in her early twenties whose head was full of family pride and ideas of nobility, inculcated by the sisters of charity at a school in the court city of Petrópolis.

Não recebeu distinção e o rival passou-lhe a perna. O seu desgosto foi imenso. Ser formado já era alguma coisa, mas sem medalha era incompleto!

Formado em direito, tentou advogar; mas, nada conseguindo, veio ao Rio, agarrou-se à sobrecasaca de um figurão, que o fez promotor da justiça do tal Sernambi, para livrar-se dele.

Aos poucos, com aquele seu faro de adivinhar onde estava o vencedor — qualidade que lhe vinha da ausência total de emoção, de imaginação, de personalidade forte e orgulhosa — Numa foi subindo.

Nas suas mãos, a justiça estava a serviço do governo; e, como juiz de direito, foi na comarca mais um ditador que um sereno apreciador de litígios.

Era ele juiz de Catimbau, a melhor comarca do Estado, depois da capital, quando Neves Cogominho foi substituir o tio na presidência de Sernambi.

Numa não queria fazer mediocremente uma carreira de justiça de roça. Sonhava a Câmara, a Cadeia Velha, a rua do Ouvidor, com dinheiro nas algibeiras, roupas em alfaiates caros, passeio à Europa; e se lhe antolhou, como meio seguro de obter isso, aproximar-se do novo governador, captar-lhe a confiança e fazer-se deputado.

Os candidatos à chefatura de polícia eram muitos, mas ele, de tal modo agiu e ajeitou as coisas, que foi o escolhido.

O primeiro passo estava dado; o resto dependia dele. Veio a posse, Neves Cogominho trouxera a família para o Estado. Era uma satisfação que dava aos seus feudatários, pois havia mais de dez anos que lá não punha os pés.

Entre as pessoas da família, vinha a filha, a Gilberta, moça de pouco mais de vinte anos, cheia de prosápias de nobreza, que as irmãs de caridade de um colégio de Petrópolis lhe tinham metido na cabeça.

Numa soon realized the easiest path before him would be marry the daughter of the man who owned that far-flung district of Brazil's overlarge empire.

He courted her, never leaving her side, bringing his suitress little gifts, and larger ones for her aunts (Coquinho was a widower). But the girl seemed unable to fathom the desires of that dull, short and ugly lawyer who dressed so shabbily. Numa was undaunted, and the girl finally realized the runty little man was indeed in love with her. At first, she scorned him, and was even outraged that a man like him would pursue her. But she began to feel the dreariness of provincial life, the tediousness of being secluded in the palace, the need for courtship that stirs in every young woman, and started to pay him more attention.

They got married, and Numa Pompílio de Castro was soon voted as a representative of Sernambi in Congress.

At first, their life together was not wholly perfect. They did not quarrel, but her bashfulness and his gaucherie loomed over their intimate life.

He led a lonely existence in the mansion at São Clemente, sitting silently in his corner, while Gilberta spent her time deep in her books, away from him. If not for a major political event, disharmony might have overtaken their marriage.

She had uncovered how much his talent was feigned, and was crestfallen at the realization, counting as she did on a true scholar for a husband to add shine to her position in society and the world. Being a Congressman's wife was not enough; she wanted to be the wife of a frontbencher, a man who spoke up, made beautiful speeches and was pointed in the streets.

She had grown disheartened, until late one night, after coming from a rally for Senator Euphonias, at that time the mightiest man in national politics, Numa came to his wife in tears:

— I'm lost, darling!...

Numa viu logo que o caminho mais fácil para chegar a seu fim era casar-se com a filha do dono daquela "marca" longínqua do desmedido império do Brasil.

Fez a corte, não deixava a moça, trazia-lhe mimos, encheu as tias (Coquinho era viúvo) de presentes; mas a moça parecia não atinar com os desejos daquele bacharelinho baço, pequenino, feio e tão roceiramente vestido. Ele não desanimou; e, por fim, a moça descobriu que aquele homenzinho estava mesmo apaixonado por ela. Em começo, o seu desprezo foi grande; achava até ser injúria que aquele tipo a olhasse; mas vieram o aborrecimento da vida de província, a sua falta de festas, o tédio daquela reclusão em palácio, aquela necessidade de namoro que há em toda a moça, e ela deu-lhe mais atenção.

Casaram-se, e Numa Pompílio de Castro foi logo eleito deputado pelo estado de Sernambi.

Em começo, a vida de ambos não foi das mais perfeitas. Não que houvesse rusgas; mas, o retraimento dela e a gaucherie dele toldavam a vida íntima de ambos.

No casarão de São Clemente, ele vivia só, calado a um canto; e Gilberta, afastada dele, mergulhada na leitura; e, não fosse um acontecimento político de certa importância, talvez a desarmonia viesse a ser completa.

Ela lhe havia descoberto a simulação do talento e o seu desgosto foi imenso porque contava com um verdadeiro sábio, para que o marido lhe desse realce na sociedade e no mundo. Ser mulher de deputado não lhe bastava; queria ser mulher de um deputado notável, que falasse, fizesse lindos discursos, fosse apontado nas ruas.

Já desanimava, quando, uma madrugada, ao chegar da manifestação do senador Euphonias, naquele tempo o mais poderoso chefe da política nacional, quase chorando, Numa dirigiu-se à mulher:

— Minha filha, estou perdido!...

— What is it, Numa?

— It's him... Euphonias...

— What is it? What's wrong? Why?

The wife could feel her husband's desperation, and tried to untie his tongue. But Numa looked mortally wounded, and too embarrassed to admit the true cause of his affliction. Gilberta, however, was tenacious, and had recently started treating her poor husband more tenderly.

— He wants me to speak, Gilberta, he confessed at last, almost in tears.

— But you do speak...

— More easily said... Don't you see, I can't... I've been so forgetful, it's been so long... I actually made a speech or two in my college days, but that was then, and I could just memorize it and then repeat it.

— You can do the same again.

— Well... yes, yes... But I need ideas. A study about a new state! Can you imagine it?

— The ideas will come to you once you start studying the issue.

He stopped for a moment and stared at his wife.

— Do you know anything about Brazilian history and geography?, he asked all of a sudden.

She gave an inscrutable smile with her big, bright eyes and brushed the hair from her forehead with one hand; and just after she replied extending her half-naked arm over the bed, where her husband had met her:

— Just what the sisters taught me. For instance, I know the headwaters of the São Francisco River are in the Canastra Mountain.

— See if you can put something together, the Congress-

— Mas que há, Numa?

— Ele... O Euphonias...

— Que tem? que há? por quê?

A mulher sentia bem o desespero do marido e tentava soltar-lhe a língua. Numa, porém, estava alanceado e hesitava, vexado em confessar a verdadeira causa do seu desgosto. Gilberta, porém, era tenaz; e, de uns tempos para cá, dera em tratar com mais carinho o seu pobre marido.

Afinal, ele confessou quase em pranto:

— Ele quer que eu fale, Gilberta.

— Mas você fala...

— E fácil dizer... Você não vê que não posso... Ando esquecido... Há tanto tempo... Na faculdade, ainda fiz um ou outro discurso; mas era lá, e eu decorava, depois pronunciava.

— Faz agora o mesmo...

— É... Sim... Mas preciso de ideias... Um estudo sobre o novo Estado! Qual!

— Estudando a questão, você terá ideias...

Ele parou um pouco, olhou a mulher demoradamente e lhe perguntou de sopetão:

— Você não sabe aí alguma coisa de história e geografia do Brasil?

Ela sorriu indefinidamente com os seus grandes olhos claros, apanhou com uma das mãos os cabelos que lhe caíam sobre a testa; e depois de ter estendido molemente o braço meio nu sobre a cama, onde a fora encontrar o marido, respondeu:

— Pouco... Aquilo que as irmãs ensinam; por exemplo: que o rio São Francisco nasce na serra da Canastra.

Sem olhar a mulher, bocejando, mas já um tanto aliviado, o legislador disse:

man yawned, avoiding any look at his wife, feeling some kind of relief. "Then we'll write a speech."

Gilberta fixed her large eyes on the drapery, and remained that way for a long time, lost in her memories. When her husband was about to go to the next room to undress, she gave her answer, sweet and leisurely:

— Maybe.

Numa made his speech, and it was a triumph. The newspapermen, who did not expect such an extraordinary revelation, evinced their excitement and spared no compliments. José Vieira wrote a column; and the glory of the gentleman from Sernambi filled the city. On streetcars, trains and cafés, the talk of the town was how wildly Cogominhos's Congressman had succeeded.

— Go figure, right? You trust an idiot to be an idiot, then they pull something like this, they'd say. There's no such thing as a dumb man, where there's a will there's a way...

From then on, people started pointing out the couple on the streets. When they walked by, high-minded men did not shy away from gratitude towards that young woman for raising such a humble talent out of nowhere, while girls were jealous of that dissimilar but happy marriage.

Numa's successes kept building up. No issue could be debated in Congress without him speaking about it, without him giving his opinion, always solid, always brilliant, in consonance with the party line, but seizing on personal ideas and novel perspectives. His name had been suggested for the cabinet, and everyone expected to see him at the offices at Largo do Rossio[13], where he could put his extraordinary ideas about learning and justice into practice.

He was held in such high regard that Congress did not take kindly to his evading the debate he himself had started that very

13 Currently Tiradentes Square, a public square in downtown Rio de Janeiro.

— Você deve ver se arranja algumas ideias, e fazemos o discurso.

Gilberta pregou os seus grandes olhos na armação do cortinado, e ficou assim um bom pedaço de tempo, como a recordar-se. Quando o marido ia para o aposento próximo, despir-se, disse com vagar e doçura:

— Talvez.

Numa fez o discurso e foi um triunfo. Os representantes dos jornais, não esperando tão extraordinária revelação, denunciaram o seu entusiasmo, e não lhe pouparam elogios. O José Vieira escreveu uma crônica; e a glória do representante de Sernambi encheu a cidade. Nos bondes, nos trens, nos cafés, era motivo de conversa o sucesso do deputado dos Cogominhos:

— Quem diria, hein? Vá a gente fiar-se em idiotas. Lá vem um dia que eles se saem. Não há homem burro — diziam — a questão é querer...

E foi daí em diante que a união do casal começou a ser admirada nas ruas. Ao passarem os dois, os homens de altos pensamentos não podiam deixar de olhar agradecidos aquela moça que erguera do nada um talento humilde; e as meninas olhavam com inveja aquele casamento desigual e feliz.

Daí por diante, os sucessos de Numa continuaram. Não havia questão em debate na Câmara sobre a qual ele não falasse, não desse o seu parecer, sempre sólido, sempre brilhante, mantendo a coerência do partido, mas aproveitando ideias pessoais e vistas novas. Estava apontado para ministro e todos esperavam vê-lo na secretaria do largo do Rossio[13], para que ele pusesse em prática as suas extraordinárias ideias sobre instrução e justiça.

Era tal o conceito de que gozava que a câmara não viu com bons olhos furtar-se, naquele dia, ao debate que ele

13 A atual Praça Tiradentes, localizada no centro da cidade do Rio de Janeiro.

day, with his untimely interjection of the speech by Congressman Cardoso Laranja, a formidable orator of the opposition.

His colleagues in the majority expected him to take the floor and crush his adversary, but he didn't.

He asked to speak the next day, and the failing heath excuse he offered was frowned upon.

Numa wasted no time. He took a tilbury home and rushed to tell his wife about his flummoxing situation. For the first time, she seemed unwilling to craft a speech.

— But Gilberta, if I don't speak tomorrow, I'm done!... What about the Ministry? Everything will be ruined... Can't you make an effort... Just a short one, and I'll memorize it tomorrow morning. Can you, Gilberta?"

The young woman thought it over, gazing at the ceiling with her big, luminous eyes, just like the first time.

— I'll do it, but you need to fetch me two or three books about colonization, right now... That's the matter at hand, and it's not my forte. One needs to pretend to have some reading on the subject... Go!

— What about the authors' names?

— No need, the clerk knows... Go!

As soon as her husband left, Gilberta wrote a telegram and told the maid to send it.

Numa came back with the books; husband and wife had a very intimate dinner, very free of concerns. When night fell, she retired to the library and he, to the bedroom.

At first, the Congressman slept soundly, but he woke up early and was surprised to find his wife was not in bed. He was remorseful. Poor Gilberta! Working into the night, all for his sake, in utter obscurity! She was so dedicated. And — poor thing! — to spend her time reading such dreary books! How wonderful was his wife! She was peerless. If it weren't for her...

mesmo provocou, dando um intempestivo aparte ao discurso do deputado Cardoso Laranja, o formidável orador da oposição.

Os governistas esperavam que tomasse a palavra e logo esmagasse o adversário; mas não fez isso.

Pediu a palavra para o dia seguinte e o seu pretexto de moléstia não foi bem aceito.

Numa não perdeu tempo: tomou um tílburi, correu à mulher e deu-lhe parte da atrapalhação em que estava. Pela primeira vez, a mulher lhe pareceu com pouca disposição de fazer o discurso.

— Mas, Gilberta, se eu não o fizer amanhã, estou perdido!... E o ministério? Vai-se tudo por água abaixo... Um esforço... É pequeno... De manhã, eu decoro... Sim, Gilberta?

A moça pensou e, ao jeito da primeira vez, olhou o teto com os seus grandes olhos cheios de luz, como a lembrar-se, e disse:

— Faço; mas você precisa ir buscar já, já dois ou três volumes sobre colonização... Trata-se dessa questão, e eu não sou forte. É preciso fingir que se tem leituras disso... Vá!

— E os nomes dos autores?

— Não é preciso... O caixeiro sabe... Vá!

Logo que o marido saiu, Gilberta redigiu um telegrama e mandou a criada transmiti-lo.

Numa voltou com os livros; marido e mulher jantaram em grande intimidade e não sem apreensões. Ao anoitecer, ela recolheu-se à biblioteca e ele ao quarto.

No começo, o parlamentar dormiu bem; mas bem cedo despertou e ficou surpreendido em não encontrar a mulher a seu lado. Teve remorsos. Pobre Gilberta! Trabalhar até aquela hora, para o nome dele, assim obscuramente! Que dedicação! E — coitadinha! — moça ter que empregar o seu tempo em leituras árduas! Que boa mulher ele tinha! Não havia duas...

Oh! Would he even still have his seat? He wouldn't be in the run for the cabinet, certainly. "I'll show her my appreciation," he thought to himself. He lit a candle, put on his slippers and tiptoed to the small room they used as a study.

The door was closed; he wanted to knock, but stopped himself. He heard muffled voices. Who could it be? Perhaps Idalina, the maid... No, that wasn't it. It was a man's voice. Damn it! He bent down and looked through the keyhole. Who was that man? He looked like... Oh! It was her cousin. So, it was him, that loafer, that sponger without two pennies to rub together, a poet without poems, a fixture of beer halls, he was the one writing his speeches? In exchange for what?

He watched for another second and saw that the two had just kissed. His eyes fogged over. He wanted to break down the door, but considered the scandal. He thought it over in his mind. If he did it, the whole thing would be exposed, and everyone would know the secret of his "intelligence." Goodbye Congress, goodbye Ministry, goodbye — who knows? — the presidency of the Republic. What was at stake here? His honour? A trifle. His intelligence was at stake, his career. Everything! "No," he thought to himself. "I'm going to bed."

The next day, another triumph.

Se não fosse ela... Ah! onde estaria a sua cadeira? Nunca seria candidato a ministro... Vou fazer-lhe uma mesura, disse ele consigo. Acendeu a vela, calçou as chinelas e foi pé ante pé até ao compartimento que servia de biblioteca.

A porta estava fechada; ele quis bater, mas parou a meio. Vozes abafadas... Quem seria? Talvez a Idalina, a criada... Não, não era; era voz de homem. Diabo! Abaixou-se e olhou pelo buraco da fechadura. Quem era? Aquele tipo... Ah! Era o tal primo... Então, era ele, era aquele valdevinhos, vagabundo, sem eira nem beira, poeta sem poesias, frequentador de chopes; então, era ele quem lhe fazia os discursos? Por que preço?

Olhou ainda mais um instante e viu que os dois acabavam de beijar-se. A vista se lhe turvou; quis arrombar a porta; mas logo lhe veio a ideia do escândalo e refletiu. Se o fizesse vinha a coisa a público; todos saberiam do segredo da sua "inteligência" e adeus câmara, ministério e — quem sabe? — a presidência da República. Que é que se jogava ali? A sua honra? Era pouco. Que se jogava ali eram a sua inteligência, a sua carreira; era tudo! "Não", pensou ele de si para si, "vou deitar-me".

No dia seguinte, teve mais um triunfo.

UM e OUTRO / ONE and OTHER

To Deodoro Leucht[14]

She had no reason to seek that liaison, she had no reason to keep it. Freitas was a little nauseating, it's true. His nearly conjugal habits; the way he treated her as if she was his wife; how he beat around the bush to mention the lives of other women; the precautions he took to deceive her; the way his language was always free of any hint of vulgarity or dubious terms; in fact the whole bourgeois air of the life she led, that regularity, that balance, gave her the impression of a prison sentence.

It was all true, but that did not absolve her in her own mind of cheating on the man who gave her everything, who raised her daughter, who provided for her a respectable life,

14 Antonio Deodoro Leucht, a merchant from Rio de Janeiro.

A Deodoro Leucht[14]

Não havia motivo para que ela procurasse aquela ligação, não havia razão para que a mantivesse. O Freitas a enfarava um pouco, é verdade. Os seus hábitos quase conjugais; o modo de tratá-la como sua mulher; os rodeios de que se servia para aludir à vida das outras raparigas; as precauções que tomava para enganá-la; a sua linguagem sempre escoimada de termos de calão ou duvidosos; enfim, aquele ar burguês da vida que levava, aquela regularidade, aquele equilíbrio davam-lhe a impressão de estar cumprindo penas.

Isto era bem verdade, mas não a absolvia perante ela mesma de estar enganando o homem que lhe dava tudo, que educava sua filha, que a mantinha como senhora, com

14 Antônio Deodoro Leucht, comerciante do Rio de Janeiro.

including the "chauffeur" of the automobile she rode twice a week or more. Why hadn't she looked for another man, a more decent man? Her reason required it, but her instincts had overtaken her.

She didn't truly like to have a man, but rather men; the demands of her imagination, more than her flesh, pointed to polyandry. Life had made her so, and now, pushing fifty years old as she did, was not the time to set herself straight. Reminded of her age, she glanced at the mirror and noticed a stubborn wrinkle sprouting from the corner of one of her eyes. She needed a massage... She checked herself over again. She was wearing a bodice. Her bosom was still tight and luscious, the neck well-placed above it, and her cleavage showed neither bumps nor indentations.

She felt satisfaction at her own flesh, she was proud of. How long had she resisted the ravages of time and the lust of men? She wasn't a young maiden anymore, but she still felt appealing. How many had tasted her? She couldn't even come to a rough estimate. Therefore, a handful of semblance ran through her mind. Most had made no lasting impression, and she could only conjure the vaguest of memories, only shadows and spirits. Sometimes she remembered a gesture, others a sentence from this or that man, she could not put a face to a name. Sometimes, she remembered the outfit but not the person who wore it. It was funny, but some had known her for one night and been gone forever, and yet she remembered them well, while others had stayed long, but their image had faded away.

Vestiges of her ancient religious education and the basic tenets of common honesty rose up to her conscience. Was her life sinful? Was she going to burn in hell? For a moment, she could see the popular image of hell: souls drowning in the scarlet blazes of hellfire, devils with enormous pitchforks tormenting the penitent.

o "chauffeur" do automóvel em que passeava duas vezes ou mais por semana. Por que não procurava outro mais decente? A sua razão desejava bem isso; mas o seu instinto a tinha levado para ali.

A bem dizer, ela não gostava de homem, mas de homens; as exigências de sua imaginação, mais do que as de sua carne, eram para a poliandria. A vida a fizera assim e não havia de ser agora, ao roçar os cinquenta, que havia de corrigir-se. Ao lembrar-se de sua idade, olhou-se um pouco no espelho e viu que uma ruga teimosa começava a surgir no canto de um dos olhos. Era preciso massagem... Examinou-se melhor. Estava de corpinho. O colo era ainda opulento, unido; o pescoço repousava bem sobre ele e ambos, colo e pescoço, se ajustavam sem saliências nem depressões.

Teve satisfação de ser sua carne; teve orgulho mesmo. Há quanto tempo ela resistia aos estragos do tempo e ao desejo dos homens? Não estava moça, mas se sentia ainda apetitosa. Quantos a provaram? Ela não podia sequer avaliar o número aproximado. Passavam por sua lembrança numerosas fisionomias. Muitas ela não fixara bem na memória e surgiam-lhe na recordação como coisas vagas, sombras, pareciam espíritos. Lembrava-se às vezes de um gesto, às vezes de uma frase deste ou daquele sem se lembrar dos seus traços; recordava-se às vezes da roupa sem se recordar da pessoa. Era curioso que de certos que a conhecessem uma única noite e se foram para sempre, ela se lembrasse bem; e de outros que se demoraram, tivesse uma imagem apagada.

Os vestígios da sua primitiva educação religiosa e os moldes da honestidade comum subiram à sua consciência. Seria pecado aquela sua vida? Iria para o inferno? Viu um instante o seu inferno de estampa popular: as labaredas muito rubras, as almas mergulhadas nelas e os diabos, com uns garfos enormes, a obrigar os penitentes a sofrerem o suplício.

Was that really so, or would death be...? The shadow of death clouded her thoughts. Hell was no longer in her mind's eye, but death alone, the annihilation of her body, her person, the terror of a cold grave.

She thought it an injustice. Ordinary sluts died, fine! Maids died, fine! For her, however, who had had so many rich lovers, who had been the cause of feuds, suicides and murders, dying would be an unnameable iniquity! She was no common woman, she was Lola, "the Lola" so many men had desired; Lola, lover of Freitas, whose household monthly spent over a thousand réis on trivialities; she could not and should not die. She felt an outburst of anger against her implacable destiny.

She grabbed a blouse and was about to put it on, but noticed a button was missing. She thought of sewing it back on, but was immediately overcome by the unbeatable repugnance she had always felt toward manual labour. She wanted to call the maid, but that would have taken too long. She reached for her pins.

She finished getting dressed, put on her hat and looked around the furniture. They were expensive, they were fine. At least she had that: she would die, yes, but she would die in luxury, having been born in a hut. How different were those two moments! From birth to her twenties, she barely had anywhere to lay her head on after all the housework. After marriage, the husband came in from the field, sweating, and they would go to bed unshowered. Things were so different now... Hah! She wouldn't be able to stand that now... How had she ever?

Then came the emigration...

How did she manage to end up there, at that summit she was so proud of? She couldn't quite follow the chain of events. She make out some links, yes, but how they connected to each other, how they allowed her to the opulent position of Freitas's lover, from that of a lowly maid, she could hardly comprehend.

Haveria isso mesmo ou a morte seria...? A sombra da morte ofuscou-lhe o pensamento. Já não era tanto o inferno que lhe vinha aos olhos; era a morte só, o aniquilamento do seu corpo, da sua pessoa, o horror horrível da sepultura fria.

Isto lhe pareceu uma injustiça. Que as vagabundas comuns morressem, vá! Que as criadas morressem vá! Ela, porém, ela que tivera tantos amantes ricos; ela que causara rixas, suicídios e assassinatos, morrer, era uma iniquidade sem nome! Não era uma mulher comum, ela, a Lola, a Lola desejada por tantos homens; a Lola, amante do Freitas, que gastava mais de um conto de réis por mês nas coisas triviais da casa, não podia nem devia morrer. Houve então nela um assomo íntimo de revolta contra o destino implacável.

Agarrou a blusa, ia vesti-la, mas reparou que faltava um botão. Lembrou-se de pregá-lo, mas imediatamente lhe veio a invencível repugnância que sempre tivera pelo trabalho manual. Quis chamar a criada: mas seria demorar. Lançou mão de alfinetes.

Acabou de vestir-se, pôs o chapéu, e olhou um pouco os móveis. Eram caros, eram bons. Restava-lhe esse consolo: morreria, mas morreria no luxo, tendo nascido em uma cabana. Como eram diferentes os dois momentos! Ao nascer, até aos vinte e tantos anos, mal tinha onde descansar após as labutas domésticas. Quando casada, o marido vinha suado dos trabalhos do campo e, mal lavados, deitavam-se. Como era diferente agora... Qual! Não seria capaz de suportá-lo mais... Como é que pôde?

Seguiu-se a emigração...

Como foi que veio até ali, até aquela cumeada de que se orgulhava? Não apanhava bem o encadeamento. Apanhava alguns termos da série; como porém se ligaram, como se ajustaram para fazê-la subir de criada à amante opulenta do Freitas, não compreendia bem. Houve oscilações, houve

There were swings and dead-ends along the way. Once, she was almost caught in a matter of petty theft, but after so many years, her rise seemed both glorious and straightforward. She touched up her hat one last time, fixed up the hair on the back of her neck, opened the door and exited toward the dining room.

— Maria, where is Mercedes?

Mercedes was her daughter, the child of her legal marriage, now in her twenties. She had been born in Brazil, two years after her arrival, one year before she left her husband. The maid rushed to answer her mistress.

— She's in the yard, ma'am, talking to Aída.

Maria was her housemaid, Aída did the washing; her household consisted of three servants and herself, the former maid, and she enjoyed thinking of how many she had at her disposal now. It was a yardstick for her progress in life.

She dropped the subject of her daughter.

— I'm going out. Remember to shut the front door… and watch out for burglars," she recommended.

She buttoned up her gloves, fixed her face and stepped on the sidewalk with the haughtiness of a grand dame under the white feathers of her expensive hat.

The street strengthened her looks, made her more aware of powerful image. She felt in her realm, the place where she was queen and empress. The looks of covetousness men shot at her, and the envy of women, finished up her sense of personality, moreover, they exalted it. She headed to the Catete Street walking steadily slow, solid steps. It was morning, and though we were only halfway through the year, the sun shone as brightly as summer. On her way, she greeted the girls who rented rooms in a neighbouring home.

— Good morning, ma'am.

— Good morning.

desvios. Uma vez mesmo quase se viu embrulhada numa questão de furto; mas, após tantos anos, a ascensão, parecia-lhe gloriosa e retilínea. Deu os últimos toques no chapéu, consertou o cabelo na nuca, abriu o quarto e foi até a sala de jantar:

— Maria onde está a Mercedes? Perguntou.

Mercedes era sua filha, filha de sua união legal, que orçava pelos vinte e poucos anos. Nascera no Brasil, dois anos após a sua chegada, um antes de abandonar o marido. A criada correu logo a atender a patroa.

— Está no quintal conversando com Aida, patroa.

Maria era a sua copeira e Aida a lavadeira; no trem de sua casa, havia três criadas e ela, a antiga criada, gostava de lembrar-se do número das que tinha agora, para avaliar o progresso que fizeram na vida.

Não insistiu mais em perguntar pela filha e recomendou:

— Vou sair. Fecha bem a porta da rua... Toma cuidado com os ladrões.

Abotoou as luvas, consertou a fisionomia e pisou a calçada com um imponente ar de grande dama sob o seu caro chapéu de plumas brancas.

A rua dava-lhe mais força de fisionomia, mais consciência dela mesma. Como se sentia estar no seu reino, na região em que era rainha e imperatriz. O olhar cobiçoso dos homens e o de inveja das mulheres acabavam o sentimento de sua personalidade, exaltavam-no até. Dirigiu-se para a rua do Catete com o seu passo miúdo e sólido. Era manhã e, embora andássemos pelo meado do ano, o sol era forte como se já verão fosse. No caminho trocou cumprimentos com as raparigas pobres de uma casa de cômodos da vizinhança.

— Bom dia, madama.

— Bom dia.

And under the awestruck gaze of those poor girls, she went on her way, picking up her skirt, glad to see no duchess intruded on her domains.

The rendezvous was scheduled for one o'clock, so she had to time to go around town. She needed a larger amount from Freitas. She had talked to him about it in the morning before he left, and now had to fetch it in his office.

She intended to buy some little gift for Mr. Pope's chauffeur, her latest beau, the superhuman entity she watched through the beautiful screen of that black, arrogant, insolent "car," dashing through the street crowds as proud as a god.

In the imagination, both "chauffeur" and "car" could not separate them from each other; and the image of both was one of supreme beauty, having at his disposal the strength and speed of the wind.

She boarded the streetcar. She didn't notice her fellow passengers. None of them did she feel there were a soul, not one was her peer. All her thoughts were focused on the chauffeur and the "car." The automobile, that magnificent machine, riding triumphantly down the streets, was as beautiful as the man driving it; and when she had him in her arms, it wasn't just him she embraced, it was the beauty of that machine. It inebriated her, it got her dreaming, it gave her the singular joy of speed. There was nothing like those Saturdays when she would lie back against its wide cushions and ride around town, drawing everyone's attention. They envied the car more than her, the power it contained, the bold manner the chauffeur drove it. The lives of hundreds of miserable, sad, mendicant walkers were at the mercy of a simple, imperceptible turn of the wheel; and the driver she kissed and caressed was like a deity, who held in his hands the life of humble beings on this dismal, damned planet.

In that moment, she felt avenged from the disdain they had showered on her, and proud of her life.

E debaixo dos olhares maravilhados das pobres raparigas, ela continuou o seu caminho, arrepanhando a sala, satisfeita que nem uma duquesa, atravessando os seus domínios.

O "rendez-vous" era para uma hora; tinha tempo, portanto, de dar umas voltas à cidade. Precisava mesmo que o Freitas lhe desse uma quantia maior. Já lhe falara a respeito pela manhã, quando ele saiu e tinha como buscá-la ao escritório dele.

Tencionava comprar um mimo e oferecê-lo ao "chauffeur" do "seu" Pope, o seu último amor, o ente sobre-humano que ela via coado através da beleza daquele "carro" negro, arrogante, insolente, cortando a multidão das ruas orgulhoso como um Deus.

Na imaginação, ambos, "chauffeur" e "carro", não os podia separar um do outro; e a sua imagem dos dois era uma única de suprema beleza, tendo a seu dispor a força e a velocidade do vento.

Tomou o bonde. Não reparou nos companheiros de viagem; em nenhum, ela sentiu uma alma; em nenhum, ela sentiu um semelhante. Todo o seu pensamento era para o "chauffeur", e o "carro". O automóvel, aquela magnífica máquina, que passava pelas ruas que nem um triunfador, era bem a beleza do homem que o guiava; e, quando ela o tinha nos braços, não era bem ele quem a abraçava, era a beleza daquela máquina que punha nela ebriedade, sonho e a alegria singular da velocidade. Não havia como aos sábados em que ela, recostada às almofadas amplas, percorria as ruas da cidade, concentrava os olhares e todos invejavam mais o carro que ela, a força que se continha nele e o arrojo que o "chauffeur" moderava. A vida de centenas de miseráveis, de tristes e mendicantes sujeitos que andavam a pé, estava ao dispor de uma simples e imperceptível volta no guidão; e o motorista, aquele motorista que ela beijava, que ela acariciava, era como uma divindade que dispusesse de humildes seres deste triste e desgraçado planeta.

Em tal instante, ela se sentia vingada do desdém com que a cobriam, e orgulhosa de sua vida.

She had established a necessary bond between the two, the "car" and the chauffeur, and not simply their images, but between the objects as well; The "car" was like the other's limbs, and the two complemented each other in an internal representation, brimming with elegance, beauty, life, brashness, pride, and strength.

The streetcar rode on, bumping and shaking down the street, ringing its bells and stopping here and there. They were overtaken by wagons, cars and automobiles. They would certainly not be overtaken by his. His stayed in the garage, only driving out for certain special customers, who only rode in the afternoon, or who chose him to go around the clubs late at night. The streetcar came to Praça da Glória[15]. That part of town looks like a photograph, as if it had been made for its view, perspective-wise. She liked it. The streetcar now ran alongside the sea. The bay was calm, the horizon clear, and steamboats broke the monotony of the landscape.

The beach always asks for sailboats; they were almost born out of the ocean, its creator, while steamboats are crude and human-like engines, distant in comparison. Their brutality is abhorrent to the beach. Lola's eyes, however, didn't linger on the sea, nor on the horizon. She was completely indifferent to nature, and thought nothing of that stretch of her trip. She was considering her neighbours. They all seemed detestable, they looked like they had little money, and their sexual regularity was abominable. Those people!

15 Largo do Machado is a public square located in the Catete neighbourhood of Rio de Janeiro. Between the eighteenth century and 1843 it already had this denomination, becoming known as Praça da Glória, or Largo da Gloria, due to the beginning of the construction of the Our Lady of Glory Church; between this last date and 1869, it was called Praça Duque de Caxias, until 1949 when once more it was designated as Largo do Machado. By this mention, it is possible to situate the tale between 1843 and 1869.

Entre ambos, "carro" e "chauffeur", ela estabelecia um laço necessário, não só entre as imagens respectivas como entre os objetos. O "carro" era como os membros do outro e os dois complementavam-se numa representação interna, maravilhosa de elegância, de beleza, de vida, de insolência, de orgulho e de força.

O bonde continuava a andar. Vinha jogando pelas ruas em fora, tilintando, parando aqui e ali. Passavam carroças, passavam carros, passavam automóveis. O dele não passaria certamente. Era de garagem e saía unicamente para certos e determinados fregueses que só passeavam à tarde ou escolhiam-no para a volta das duas, alta noite. O bonde chegou à praça da Glória[15]. Aquele trecho da cidade tem um ar de fotografia, como que houve nele uma preocupação de vista, de efeito em perspectiva; e agradava-lhe. O bonde corria agora ao lado do mar. A baía estava calma, os horizontes eram límpidos e os barcos a vapor quebravam a harmonia da paisagem.

A marinha pede sempre o barco a vela; ele como que nasceu do mar, é sua criação; o barco a vapor é um grosseiro engenho demasiado humano, sem relação com ela. A sua brutalidade é violenta. A Lola, porém, não se demorou em olhar o mar, nem o horizonte; a natureza lhe era completamente indiferente e não fez nenhuma reflexão sobre o trecho que a via passar. Considerou dessa vez os vizinhos. Todos lhe pareciam detestáveis. Tinha um ar de pouco dinheiro e regularidade sexual abominável. Que gente!

15 O atual Largo do Machado é uma praça pública localizada no bairro do Catete, na cidade do Rio de Janeiro. Entre o século XVIII e o ano de 1843 possuía já essa denominação, passando então a ser conhecido por praça da Glória, ou Largo da Glória, em virtude do início da construção da Igreja de Nossa Senhora da Glória; entre essa última data e o ano de 1869, passou a ser denominado Praça Duque de Caxias, até o ano de 1949 quando foi novamente designado como Largo do Machado. Por essa menção, é possível situar o conto entre os anos de 1843 e 1869.

The streetcar came to the Passeio Público[16], and her thoughts focused for a moment on the hat she intended to buy. Would it look good on her? Would it more beautiful than Lúcia's, Adão the Turk's mistress? She went from one possibility to another when an automobile rode by, snapping her out for a moment. It looked like him, the chauffeur. In a taxi? No! Not possible. She pushed the thought away The streetcar rode on, now coming before the Municipal Theatre. She gazed at its columns, its gold leaves; it seemed pretty, pretty like a woman covered in jewelry. At the avenue, she picked up her pace, fixed her face, held her skirt with her left hand and stepped out into the street, looking like a grand dame under the white feathers of her enormous hat.

In those occasions when she needed to speak to Freitas at the office, she had the habit of going to a nearby restaurant and asking a clerk to fetch him. That was what he recommended, and so that's what she did, firm in her belief that the reasons Freitas had given for that procedure were solid and correct. It wouldn't do for the high trade in commissions and consignments that ladies sought out their representatives in their respective offices; and though Freitas was a mere clerk at the offices of Antunes, Costa & Co., a visit such as hers could take a toll on the firm's reputation for solidity and downgrade its creditworthiness.

Thus, the Spanish woman stayed close, ordering a lemonade and watching the street as she waited for her lover. At that moment, Primeiro de Março Street[17] had its usual heavy traffic, crammed with large delivery goods-laden wagons. The

16 The Passeio Público or the Rio de Janeiro Public Promenade is a public park located in the Lapa neighbourhood of Rio de Janeiro, opened in 1786 by Viceroy Luis de Vasconcelos e Sousa. Inspired by the gardens of the Versailles Palace, the Lisbon Public Promenade and the gardens of the Queluz Palace in Lisbon, it was the first open public park in the Americas.

17 Formerly known as Direita Street, Primeiro de Março Street is the oldest street in Rio de Janeiro.

O bonde passou pela frente do Passeio Público[16] e o seu pensamento ficou-se num instante no chapéu que tencionava comprar. Ficar-lhe-ia bem? Seria mais belo que o da Lúcia, amante do Adão "Turco"? Saltava de uma probabilidade para outra, quando lhe veio desviar da preocupação a passagem de um automóvel. Pareceu ser ele, o chauffeur. Qual! Num "táxi"! Não era possível. Afugentou o pensamento e o bonde continuou. Enfrentou o "Theatro Municipal". Olhou-lhe as colunas, os dourados, achou-o bonito, bonito como uma mulher cheia de atavios. Na Avenida, ajustou o passo, consertou a fisionomia, arrepanhou a saia com a mão esquerda e partiu ruas em fora com um ar de grande dama sob o enorme chapéu de plumas brancas.

Nas ocasiões em que precisava falar ao Freitas no escritório, ela tinha por hábito ficar num "restaurant" próximo e mandar chamá-lo por caixeiro. Assim ele lhe recomendava e assim ela fazia, convencida como estava de que as razões com que o Freitas lhe justificara esse procedimento eram sólidas e procedentes. Não ficava bem ao alto comércio de comissões e consignações que as damas fossem procurar os representantes dele nos respectivos escritórios; e, se bem que o Freitas fosse um simples caixa da Casa Antunes, Costa e Cia., uma visita como a dela poderia tirar de tão poderosa firma a fama de solidez e abalar-lhe o crédito na clientela.

A espanhola ficou, portanto, próxima e, enquanto esperava o amante, pediu uma limonada e olhou a rua. Naquela hora, a rua Primeiro de Março[17] tinha o seu pesado trânsito habitual de grandes carroções pejados de mercadorias. O movimento

16 O Passeio Público do Rio de Janeiro é um parque público localizado no bairro da Lapa, no Rio de Janeiro, inaugurado em 1786, pelo Vice-rei Luís de Vasconcelos e Sousa. Inspirado nos jardins do Palácio de Versalhes, no Passeio Público de Lisboa e nos jardins do Palácio de Queluz, em Lisboa, foi o primeiro parque público aberto nas Américas.

17 Anteriormente conhecida como Rua Direita, a Rua Primeiro de Março é a mais antiga rua da cidade do Rio de Janeiro.

traffic was made up almost exclusively of men, occasionally dotted by a woman among groups of recent arrivals from foreign lands.

When one of those bands passed by, Lola flashed an imperceptible smirk. Those people! So skinny! Where had they ever found a woman that thin? He was sure England had neither beautiful women nor elegant men.

At one point, a figure walked by that caused her a cringe-worthy moment. That was Rita, but where was she going at that time? She couldn't quite tell her clothes, but she did notice the woman's hat, with a "pleureuse" that seemed more expensive than her own. How could she own one of those? How could men afford so much luxury for a woman like that? A mulatto!...

Her grief had itself settled by that fact, and unanticipatedly she felt the contentment of victory. Ordinary society had given her an unstoppable weapon...

Freitas finally arrived. In accordance with his position and the majesty of high trade, he came in wearing his vest, but not his hat. The two met very casually, without a single motion, word, gesture or look of tenderness.

— You didn't bring Mercedes along?, he asked.

— No... Too much sun...

The lover sat down and she examined him for a moment. He was not handsome, or even nice. She had known it all along, but now she noticed the worst flaw in his whole anatomy. It was something in his eyes, which were always the same, set and bugged out, with no shading or variation whatsoever. He ordered a beer.

— Do you have it?, she asked.

It was a matter of money. His pride as a merchant, as a man who always believes himself wealthy enough or at least at the cusp of wealth, was a little hurt by his mistress's question.

quase se cingia a homens; e se, de quando em quando, passava uma mulher, vinha num bando de estrangeiros, recentemente desembarcados.

Se passava um destes, Lola tinha um imperceptível sorriso de mofa. Que gente! Que magras! Onde é que foram descobrir aquela magreza de mulher? Tinha como certo que, na Inglaterra, não havia mulheres bonitas nem homens elegantes.

Num dado momento, alguém passou que lhe fez crispar a fisionomia. Era a Rita. Onde ia àquela hora? Não lhe foi dado ver bem o vestuário dela, mas viu o chapéu cuja "pleureuse" lhe pareceu mais cara que a do seu. Como é que arranjara aquilo? Como é que havia homens que dessem tal luxo a uma mulher daquelas? Uma mulata!...

O seu desgosto sossegou com essa verificação e ficou possuída de um contentamento de vitória. A sociedade regular dera-lhe a arma infalível...

Freitas chegou afinal e, como convinha à sua posição e à majestade do alto comércio, veio em colete e sem chapéu. Os dois se encontraram muito casualmente, sem nenhum movimento, palavra, gesto, ou olhar de ternura.

— Não trouxeste Mercedes? Perguntou ele.

— Não... fazia muito sol...

O amante sentou-se e ela o examinou um momento. Não era bonito, muito menos simpático. Desde muito verificara isso, agora, porém, descobrira o máximo defeito de sua fisionomia. Estava no olhar, no olhar sempre o mesmo fixo, esbugalhado, sem mutações e variações de luz. Ele pediu cerveja, ela perguntou:

— Arranjaste?

Tratava-se de dinheiro e o seu orgulho de homem do comércio que sempre se julga rico ou às portas da riqueza, ficou um pouco ferido com a pergunta da amante:

— There was nothing to it. You just had to come to the office, even if you wanted more...

Lola suspected it wasn't quite so easy for him, but she stayed silent. She knew how to use his ostentatious ways to her favour, she could smell something in the air and had already taken precautions.

The beer arrived. At the restaurant table, both made a momentous effort to talk. The lover asked her: "Are you going to the seamstress? Are you out this afternoon?" And she replied monosyllabically: "Yes. No".

Rita walked by again. Lola seized the opportunity.

— There goes that black tramp.

— Who?

— Rita.

— Oh, Ritinha! She's with 'Louro' now, the Emporium croupier.

He was silent for a moment.

— She's doing great, he added.

— No wonder! Some men are pigs.

— Well, listen, I think she's pretty.

— You didn't really have to tell me, you're just like the others... And some of us still make sacrifices for you, people.

She had the habit of finding a cue in the conversation for a fit and a way to convey to her lover she was making a sacrifice by living with him. Freitas did not believe in that sacrifice, but did not want to break off with her, because their connection was a great coup at confectioneries, chic boardinghouses and gaming parlours. A well-known and illustrious woman with almost twenty years of "active life," Lola may not have been beautiful, but was always tantalizing, and so his collage with her

— Não havia dificuldade... Era só vir ao escritório... Mais que fosse...

Lola suspeitava que não lhe fosse tão fácil assim, mas nada disse. Explorava habilmente aquela sua ostentação de dinheiro, farejava "qualquer coisa" e já tomara as suas precauções.

Veio a cerveja e ambos, na mesa do "restaurant", fizeram um numeroso esforço para conversar. O amante fazia-lhe perguntas: "Vais à modista? Sais hoje à tarde?" Ela respondia: "sim, não".

Passou de novo a Rita. Lola aproveitou o momento e disse:

— Lá vai aquela "negra".

— Quem?

— A Rita.

— A Ritinha?... Está agora com o "Louro" croupier, do "Emporium".

E em seguida acrescentou:

— Está muito bem.

— Pudera! Há homens muito porcos.

— Pois olha: acho-a bem bonita.

— Não precisavas dizer-me. E como os outros... ainda há quem se sacrifique por vocês.

Era seu hábito sempre procurar na conversa caminho para mostrar-se arrufada e dar a entender ao amante que ela se sacrificava vivendo com ele. Freitas não acreditava muito nesse sacrifício, mas não queria romper com ela, porque a sua ligação causava nas rodas de confeitarias, de pensões "chics"e jogo muito sucesso. Muito célebre e conhecida, com quase vinte anos de "vida ativa", o seu "collage" com a Lola que se não fora tão bela, fora sempre tentadora e provocante, punha

shed a positive light on himself and ensured a certain degree of prestige among other women.

Witnessing her tantrum, the lover pretended he felt regret for what he had said, and their goodbyes were tender.

She left happily with the money in her wallet. She had told Freitas it was meant for a daughter of hers in Spain, but in fact more than half of it would be spent on a gift for her beloved driver. She went up Ouvidor Street[18] stopping by the jewelry windows. What would it be? A ring? Had she already given him one? A chain? She had given that too. She stopped by a window and saw a cigarette case. She liked it. It seemed shiny and expensive, full of gold and gemstones, an undoubtedly tawdry item. She thought it was wonderful, and willingly bought it.

She headed for the streetcar feeling contented. Those gifts were like a tether between them, eternally bonding him to her flesh and injecting him into her bloodstream.

Her passion for the chauffeur had been going for six months. They had met around Candelária[19], in a very clean and discreet house, a well frequented place, full of precautions to make sure the patrons did not meet each other.

The rendezvous was fast approaching and she was annoyed at having to wait for the right streetcar. There was more to her impatience than the delay. The vehicle arrived on time, and Lola boarded it burning with desire. It had been a week since she last met the driver. The last time they had seen each other, she wasn't able to speak of any intimate matters. Freitas had broken his custom and ridden alongside her; all she could do was watch him, lofty, with his white uniform and casquette, sitting on the cushion, chest puffed out, driving masterfully

18 Ouvidor Street, a street in downtown Rio de Janeiro, known at the time for its elite shops and clientelle.

19 Candelária Street, a street in downtown Rio de Janeiro, after the church of the same name.

a sua pessoa em foco e garantia-lhe um certo prestígio sobre as outras mulheres.

Vendo-a arrufada, o amante fingiu-se arrependido do que dissera, e vieram a despedir-se com palavras ternas.

Ela saiu contente com o dinheiro na carteira. Havia dito ao Freitas que se destinava a uma filha que estava na Espanha; mas a verdade era que mais da metade seria empregada na compra de um presente para o seu motorista amado. Subiu a rua do Ouvidor[18], parando pelas montras das casas de joias. Que havia de ser? Um anel? Já lhe havia dado. Uma corrente? Também já lhe dera uma. Parou numa vitrine e viu uma cigarreira. Simpatizou com o objeto. Parecia caro e era ofuscante: ouro e pedrarias — uma coisa de mal gosto evidente. Achou-a maravilhosa, entrou e comprou-a sem discutir.

Encaminhou-se para o bonde cheia de satisfação. Aqueles presentes como que o prendiam mais a ela, como que o ligavam eternamente à sua carne e o faziam entrar no seu sangue.

A sua paixão pelo "chauffeur" durava havia seis meses e encontravam-se pelas bandas da Candelária[19], em uma casa discreta e limpa, bem frequentada, cheia de precauções para que os frequentadores não se vissem.

Faltava pouco para o encontro e ela aborrecia-se esperando o bonde conveniente. Havia mais impaciência nela que atraso no horário. O veículo chegou em boa hora e Lola tomou-o cheia de ardor e desejo. Havia uma semana que ela não se encontrava com o motorista. A última vez em que se avistaram, nada de mais íntimo lhe pudera dizer. Freitas, ao contrário do costume, passeava com ela; e só lhe fora dado vê-lo soberbo, todo de branco casquete, sentado à almofada,

18 A Rua do Ouvidor, no centro da cidade do Rio de Janeiro, era conhecida na época pelas suas lojas e a clientela de elite.

19 A Rua da Candelária, no centro da cidade do Rio de Janeiro, recebe esse nome devido à igreja do mesmo nome.

that shining car, the freshly-scoured nickel plating gleaming like sterling silver.

She had scheduled that rendezvous because she missed him and wanted to see him, she wanted to thank him for the immaterial satisfaction the machine gave her. Sitting in the vulgar streetcar, for a moment she could see the proud automobile racing once again past her eyes. She could feel its trepidation, a sign of its power, sliding silently and severely, insolent and resolute, down the street, steered by the right hand of her beloved "chauffeur".

As soon as she arrived, she asked the lady of the house if José was in. She learned he had arrived earlier and had gone straight to the bedroom. She did not linger in her conversation with the landlady, and rushed to the room.

José was indeed there. Either because of the heat or because he didn't want to waste any time, he had already taken off most of his clothes.

— I thought you weren't coming, he said as soon as she came in, without rising from the bed.

— The streetcar was so slow, honey.

She laid down her purse, removed the hat with both hands and walked towards the bed. She sat on the edge and stared at the driver's crude, vulgar face. After a moment of contemplation, she leaned over and kissed him, voluptuously and for a long time.

The "chauffeur" did not return it, finding it unnecessary at that moment. For him, love had neither preface nor epilogue; it was a matter of frontal assaults. That was not her conception: a residue from her trade and sincere desire for that man made her tender.

Without kissing him, she sat on the edge of the bed and looked lovingly at the chauffeur's mean, strong visage. José was losing his patience with those frills. He failed to understand all that hemming and hawing, it seemed ridiculous to him.

com o busto ereto, a guiar maravilhosamente o carro lustroso, brilhante, cuja niquelagem areada faiscava como prata nova.

Marcava-lhe aquele "rendez-vous" com muita saudade e vontade de vê-lo e agradecer-lhe a imaterial satisfação que a máquina lhe dava. Dentro daquele bonde vulgar, um instante, ela teve novamente diante dos olhos o automóvel orgulhoso, sentiu a sua trepidação, indício de sua força, e o viu deslizar, silencioso, severo, resoluto e insolente, pelas ruas em fora, dominado pela mão destra do "chauffeur" que ela amava.

Logo ao chegar, perguntou à dona da casa se o dr. José estava. Soube que chegara mais cedo e já fora para o quarto. Não se demorou muito conversando com a patota e correu aos aposentos.

De fato, José lá estava. Fosse calor, fosse vontade de ganhar tempo, o certo é que já havia tirado de cima de si o principal vestuário. Assim que a viu entrar, sem se erguer da cama, disse:

— Pensei que não viesses.

— O bonde custou muito a chegar, meu amor.

Ela descansou a bolsa, tirou o chapéu com ambas as mãos e foi direita à cama. Sentou-se na borda, cravou o olhar no rosto grosseiro e vulgar do motorista; e após um instante de contemplação, debruçou-se e beijou-o com volúpia, demoradamente.

O "chauffeur" não retribuiu a carícia, ele as julgava desnecessárias naquele instante. Nele, o amor não tinha prefácios, nem epílogos; o assunto ataca-se logo. Ela não o conhecia assim: resíduos da profissão e o sincero desejo daquele homem faziam-na carinhosa.

Sem beijá-lo, sentada, à borda da cama, esteve um momento a olhar enternecida a má e forte candidatura do "chauffeur". José começava a impacientar-se com aquelas filigranas. Não compreendia tais rodeios que lhe pareciam ridículos.

— Take those off!

That impatience pleased her, and she wanted to savour it further. She stood up leisurely, started to unbutton her clothes nonchalantly, then stopped.

— I've brought you something, she said sweetly.

— What is it?

— Guess!

— Spill it, he snapped back.

Lola found her purse, opened it slowly and withdrew the cigarette case. She headed to bed and handed it to the "chauffeur". The man's eyes blazed with cupidity; the woman, seeing him so pleased, welled up with contentment.

She continued to undress. Meanwhile, he played with his new cigarette case unceasingly, opening and closing it. She was taking off her shoes when José asked her in his harsh, imperious voice:

— Have you been riding the 'Pope' lately?

— You should know I haven't. I haven't been asking for you, and you know I only ride yours.

— It's no longer mine.

— How so?

— I left the house... I'm driving a taxi now.

When the "chauffeur" broke the news, Lola almost fainted. It was like being given a blow to the head.

Anyway, that god-like man, that dominating figure, that supreme individual had been brought down to the driving seat of a filthy, rambling taxi, with the paint peeling off? It's like they're made out of tinplate! Then he...

And so, the abundant beauty of the luxury automobile she saw in him drained away in a flash, in a single second.

— Despe-te!

Aquela impaciência agradava-lhe e ela quis saboreá-la mais. Levantou-se sem pressa, começou a desabotoar-se devagar, parou e disse com meiguice.

— Trago-te uma coisa.

— Que é? — Fez ele logo.

— Adivinha?

— Dize lá de uma vez.

Lola procurou a bolsa, abriu-a devagar e de lá retirou a cigarreira. Foi até o leito e entregou-a ao "chauffeur". Os olhos do homem incendiaram-se de cupidez: e os da mulher, ao vê-lo satisfeito, ficaram úmidos de contentamento.

Continuou a despir-se e, enquanto isto, ele não deixava de apalpar, de abrir, e fechar a cigarreira que recebera. Descalçava os sapatos quando José lhe perguntou com a sua voz dura e imperiosa.

— Tens passeado muito no Pope?

— Deves saber que não. Não o tenho mandado buscar e tu sabes que só saio no teu.

— Não estou mais nele.

— Como?

— Saí da casa... ando agora num táxi.

Quando o "chauffeur" lhe disse isso, Lola quase desmaiou; a sensação que teve foi de receber uma pancada na cabeça.

Pois então, aquele Deus, aquele dominador, aquele supremo indivíduo descera a guiar um táxi, sujo, chacoalhante, mal pintado, desses que parecem feitos da folha de Flandres. Então ele? Então...

E aquela abundante beleza do automóvel de luxo que tão alto ela via nele, em um instante, em um segundo, de todo

Internally, there was some connection between the two images that seemed indissoluble to her eyes, and suddenly severing one from the other completely disrupted the mental and emotional image she had of that man.

He was no longer the same, it wasn't the image of a demigod in the room with her anymore. It was someone else, or rather the same, but degraded, mutilated, horribly mutilated. Driving a taxi... Good God!

She wanted to go, but when the thought came to her, José asked:

— Aren't you coming?

She wanted to find some pretext to leave, but was afraid of his masculine pride, of the spite from the offense to his lust.

She laid down by his side filled with repugnance, and for the last time.

se esvaiu. Havia internamente, entre as duas imagens, um nexo que lhe parecia indissolúvel e o brusco perturbou-lhe completamente a representação mental e emocional daquele homem.

Não era o mesmo, não era o semideus, ele que estava ali presente; era outro, ou antes, era ele degradado, mutilado, horrendamente mutilado. Guiando um táxi... Meu Deus!

O seu desejo era ir-se, mas, ao lhe vir esse pensamento, o José perguntou:

— Vens ou não vens?

Quis pretextar qualquer coisa para sair; teve medo, porém, do seu orgulho masculino, do despeito de seu desejo ofendido.

Deitou-se a seu lado com muita repugnância, e pela última vez.

and her **UNCLE**

MISS EDITH

e seu **TIO**

The "Boa Vista" boardinghouse was a large residence near the Flamengo beach. The two-story house displayed a hideous exterior, but comfortable rooms. Some had been designed along with the building, others had been born when it was adapted to its new purpose, as former rooms were divided and others were terminated.

It had good, solid masonry walls, with small, straight granite windows outlooking the ocean and a side street to the left.

The building was about sixty years old and, in its heyday was certainly supplemented by a large garden extending to its right and back. The garden was now gone, replaced by squat, chintzy-looking modern buildings, standing next to the ponderous old edifice from long past.

The hallways and apartments of the anachronistic home had a special light, a sort of gloom, that touch of shadow found in the interior of old houses, where the air is impregnated with memories and allusions.

A pensão familiar "Boa Vista" ocupava uma grande casa da praia do Flamengo, muito feia de fachada, com dois pavimentos, possuindo bons quartos, uns nascidos com o prédio e outros que a adaptação ao seu novo destino fizera surgir com a divisão de antigas salas e a amputação de outros aposentos.

Tinha boas paredes de sólida alvenaria de tijolos e pequenas janelas de portadas de granito e linha reta, que olhavam para o mar e para uma rua lateral, à esquerda.

A construção devia datar de cerca de sessenta anos atrás e, nos seus bons tempos, certamente possuiria, como complemento, uma chácara que se estendia para o lado direito e para os fundos, chácara desaparecida, em cujo chão se erguem atualmente prédios modernos, muito pelintras e enfezados, ao lado da velha, forte e pesadona edificação dos outros tempos.

Os aposentos e corredores da obsoleta moradia tinham uma luz especial, uma quase penumbra, esse toque de sombra do interior das velhas casas, no seio da qual flutuam sugestões e lembranças.

The building had undergone additions and mutilation. From the old garden, from the mango trees whose high green canopies the sea breeze comped every day, from the jack trees with its tangled branches, from the jabuticabas and the sad sapodillas, the last remainder was a tamarind tree at the back of its minuscule backyard, the last source of a little afternoon shade in the dog days of summer, under limbs that drooped like tears, to the sedentary and amorous guests looking for the maternal shelter of the great trees.

The great front hall, which had hosted balls and receptions, had been sliced into rooms, and only a narrow hallway had been left to remind visitors of its previous nobler occupation. The guests used it as a parlour to talk after dinner, sitting in its contemptibly mercenary wicker chairs.

The boardinghouse was run by Mme. Barbosa, a fat, stocky and respectable widow in her fifties. She was as kind as every boardinghouse landlady, and still had her figure, despite having given birth to many children. She was even accompanied by an unmarried daughter in her twenties, Mlle. Irene, who insisted on becoming engaged to one of her mother's guests every now and then.

Mlle. Irene, or rather Ms. Irene, picked her fiancés very carefully. She always sought them out among the student guests, and always those in the senior years of their studies, so the engagement wouldn't be overly long, and the fiancé never stopped paying for his room.

None of it prevented her efforts from being crowned by defeat. She had been engaged to a law student, a medical student and an engineering student. She had even stooped to a dental student. However, none of them had taken her to the presence of the justice of the peace.

She had since turned to civil servants, and everyone at the boardinghouse expected her next engagement to be to

O prédio sofrera acréscimos e mutilações. Da antiga chácara, das mangueiras que a "viração" todas as tardes penteava a alta cabeleira verde, das jaqueiras, de ramos desorientados, das jabuticabeiras, dos sapotizeiros tristes, só restava um tamarineiro no fundo do exíguo quintal, para abrigar nos posmerídios de canícula, sob os ramos que caíam lentamente como lágrimas, algum hóspede sedentário e amoroso da sombra maternal das grandes árvores.

O grande salão da frente — a sala de honra das recepções e bailes — estava dividido em fatias de quartos e dele só ficara, para lembrar o seu antigo e nobre mister, um corredor acanhado, onde os hóspedes se reuniam, após o jantar, conversando sentados em cadeiras de vime, ignobilmente mercenárias.

Dirigia a pensão Mme. Barbosa, uma respeitável viúva de seus cinquenta anos, um tanto gorda e atochada, amável como todas as donas de casas de hóspedes e ainda bem conservada, se bem que houvesse sido mãe muitas vezes, tendo até em sua companhia uma filha solteira, de vinte e poucos anos por aí, Mlle. Irene, que teimava em ficar noiva, de onde em onde, de um dos hóspedes de sua progenitora.

Mlle. Irene, ou melhor: Dona Irene escolhia com muito cuidado os noivos. Procurava-os sempre entre os estudantes que residiam na pensão, e, entre estes, aqueles que estivessem nos últimos anos do curso, para que o noivado não se prolongasse e o noivo não deixasse de pagar a mensalidade à sua mãe.

Isto não impedia, entretanto, que o insucesso viesse coroar os seus esforços. Já fora noiva de um estudante de direito, de um outro de medicina, de um de engenharia e descera até um de dentista sem, contudo, ser levada à presença do pretor por qualquer deles.

Voltara-se agora para os empregados públicos e toda a gente na pensão esperava o seu próximo enlace com o senhor

Mr. Magalhães, a customs clerk and guest at the "Boa Vista", a young man held in high esteem by his bosses both for his attendance record at the office and his competence in matters of customs bureaucracy, among others.

Irene had fallen from her ideal doctor-suitor and come to accept a bureaucrat, but the fall had been smooth and ingratiating. She conformed to the fact that though her matrimonial dreams had been debased, her new beau seemed to be as schooled as many doctors, and also drew a reasonable salary.

At the table, whenever the conversation became tedious, she watched proudly as Magalhães argued grammar with Mr. Benevente, a college graduate who wrote for the newspapers, and whom he managed to get the better of and explain tropes from Camoens.

And that wasn't the only subject in which her next fiancé displayed his wits. He was also good at math, as he had proven when questioning a student from the Polytechnic about geometry, and arguing with medical student Alves about the efficacy of vaccination[20], suggesting he knew something about medicine.

So, it wasn't from a lack of wisdom that she felt the prickle of discontentment. In any case, why should a bride care about her husband's education?

What irked her about Magalhães was his truly ridiculous lack of stature, and to top it off the awkwardness of his manners and clothing.

Not that she was particularly tall, mind you, but she was a little taller than him. Moreover, Irene displayed a slender

20 The Mandatory Vaccination Law, instituted by the sanitarist Oswaldo Cruz, with the support of then-President Rodrigues Alves, sparked week-long riots (known as Vaccine Rebellion) in the city of Rio de Janeiro between November 10 and 16, 1904. The law allowed sanitary brigades, accompanied by police, to enter homes to apply the vaccine forcibly. Lima Barreto wrote often against the law.

Magalhães, escriturário da alfândega, hóspede também da "Boa Vista", moço muito estimado pelos chefes, não só pela assiduidade ao emprego como pela competência em coisas de sua burocracia aduaneira e outras mais distantes.

Irene caíra do seu ideal de doutor até aceitar um burocrata, sem saltos, suavemente; e consolava-se interiormente com essa degradação do seu sonho matrimonial, sentindo que o seu namorado era tão ilustrado como muitos doutores e tinha razoáveis vencimentos.

Na mesa, quando a conversa se generalizava, ela via com orgulho Magalhães discutir gramática com o doutor Benevente, um moço formado que escrevia nos jornais, levá-lo à parede e explicar-lhe tropos de Camões.

E não era só nesse ponto que o seu próximo noivo demonstrava ser forte; ele o era também em Matemática, como provava questionando com um estudante da Politécnica sobre geometria e com o doutorando Alves altercava sobre a eficácia da vacina[20], dando a entender que conhecia alguma coisa de medicina.

Não era, pois, por esse lado do saber que lhe vinha a ponta de descontentamento. De resto, em que pode interessar a uma noiva o saber do noivo?

Aborrecia-lhe um pouco a pequenez do Magalhães, verdadeiramente ridícula e, ainda por cima, o seu canhestrismo de maneiras e vestuário.

Não que ela fosse muito alta, como se pode supor; porém, algo mais do que ele, era Irene fina de talhe, longa de pescoço,

20 A Lei da Vacinação Obrigatória, instituída pelo sanitarista Oswaldo Cruz, com apoio do então presidente Rodrigues Alves, provocou uma semana de protestos violentos (conhecidos por Revolta da Vacina) na cidade do Rio de Janeiro entre 10 e 16 de novembro de 1904. A Lei permitia que brigadas sanitárias, acompanhadas por policiais, entrassem nas casas para aplicar a vacina à força. Lima Barreto escreveu frequentemente contra a lei.

figure and had a long neck, unlike her soon-to-be groom, who seemed even smaller for being thick-bodied and short-necked.

That morning, while lunch preparation had already been underway, the electric door bell clamourously announced a new visitor.

Mme. Barbosa was in the kitchen, overseeing the first meal of the day for her guests, and responded to the buzz by yelling "go check the front door, Angélica!" right from where she was.

Angélica was the landlady's right-hand woman. She was the cook, the waitress, the housemaid and the laundress, alternating among these functions when not forced to perform two or more at once. She had come to Mme. Barbosa's at a very young age, before she owned the boardinghouse, and had grown old alongside her, without riots or grief, without greater ambitions.

She was her boss's confidant and, having known all her children as toddlers, sharing the joys and sorrows of the home, being the object of their embraces and sweet words, she did not consider herself a maid per se, but rather a poorer relative whom the wealthier ones had taken in and protected from life's unrelenting misfortunes.

She felt unlimited gratitude toward Mme. Barbosa, and sought to lessen her guardian's burden with her humble services.

She had preserved the simplicity and naiveté of a child, which in no way, shape of form, diminished the self-seeking and unmethodical activities of her forty-something years.

If the cook was absent, one would find her in the kitchen. If the laundress was let go on short notice, she headed to the sink. If both the cook and the pantryman were out, Angélica performed the duties of both. And she was always cheerful, always thankful to Mme. Barbosa, or Missus, as she liked to

ao contrário do futuro noivo que, grosso de corpo e curto de pescoço, ainda parecia mais baixo.

Naquela manhã, quando já se ia em meio dos preparativos do almoço, o tímpano elétrico anunciou estrepitosamente um visitante.

Mme. Barbosa, que superintendia na cozinha o preparo da primeira refeição dos seus hóspedes, àquele apelo da campainha elétrica, de lá mesmo gritou à Angélica:

— Vá ver quem está, Angélica!

Essa Angélica era o braço direito da patroa. Cozinheira, copeira, arrumadeira e lavadeira, exercia alternativamente cada um dos ofícios, quando não dois e mais a um só tempo. Muito nova, viera para a casa de Mme. Barbosa ao tempo em que esta não era ainda dona de pensão; e, em companhia dela, ia envelhecendo sem revoltas, nem desgostos ou maiores desejos.

Confidente da patroa e, tendo visto crianças todos os seus filhos, partilhando as alegrias e agruras da casa, recebendo por isso festas e palavras doces de todos, não se julgava bem uma criada, mas uma parenta pobre, a quem as mais ricas haviam recolhido e posto a coberto dos azares da vida inexorável.

Cultivava por Mme. Barbosa uma gratidão ilimitada e procurava com o seu auxílio humilde minorar as dificuldades da protetora.

Tinha guardado uma ingenuidade e uma simplicidade de criança que, de modo algum, diminuíam a atividade pouco metódica e interesseira dos seus quarenta e tantos anos.

Se faltava a cozinheira, lá estava ela na cozinha; se bruscamente se despedia a lavadeira, lá ia para o tanque; se não havia cozinheira e copeiro, Angélica fazia o serviço de uma e de outro; e sempre alegre, sempre agradecida à Mme. Barbosa, dona Sinhá, como ela chamava e gostava de chamar, não sei

call her, for some mysterious and irrepressible manifestation of intimacy and tenderness.

The black woman was working on the first floor, cleaning the rooms of early-rising guests, and heard neither the bell ringing nor her mistress yelling. Soon the bell rang again, this time imperiously and authoritatively, a strong, long ring, conveying with its tone the impatient and willing soul of the man ringing it.

The landlady felt the stupid gadget was telling her something very important, and decided not to wait for meek and docile Angélica to react. She went to see who was knocking. She walked across the "great hall," took a moment to oversee its situation, and even took the time to spruce up the little palm tree, which worked so hard in its faience pot to adorn the dining room table and add a touch of grace to the room.

She set about opening the glazed door and soon she found a foreign-looking couple at her doorstep and the gentleman commanded curtly and straightforwardly:

— Me want room.

Mme. Barbosa realized she was dealing with English people, and the discovery gladdened her immensely. She shared our common foolish and imprecise admiration for the British, who know so well how to inspire us with their arrogance and their incomprehensible language. All in all, the English are reputed to have plenty of money at hand, and even if they only make two, three or five hundred mil-réis every month, we all immediately imagine them to have the Rothschild millions at their disposal.

So, Mme. Barbosa was happy for the social status the guests would bring, as well as the prospect of the extraordinary profits their wealth would certainly provide her. At once she personally started showing the vacant rooms to the noble personages at her door.

They went up to the first floor, and the landlady started boasting about the ample room outlooking the bay — a gash

por que irreprimível manifestação de ternura e intimidade.

A preta andava lá pelo primeiro andar na faina de arrumar os quartos dos hóspedes mais madrugadores e não ouviu nem o tinir do tímpano, nem a ordem da patroa. Não tardou que a campainha soasse outra vez e desta, imperiosa e autoritária, forte e rude, dando a entender que falava por ela a própria alma impaciente e voluntariosa da pessoa que a tocava.

Sentiu a dona da pensão que o estúpido aparelho lhe queria dizer qualquer coisa importante e não mais esperou a mansa Angélica. Foi em pessoa ver quem batia. Quando atravessou o "salão", reparou um instante na arrumação e ainda ajeitou a palmeirita que, no seu pote de faiança, se esforçava por embelezar a mesa do centro e fazer gracioso todo o aposento.

Prontificou-se em abrir a porta envidraçada e logo encontrou um casal de aparência estrangeira. Sem mais preâmbulos, o cavalheiro foi dizendo com voz breve e de comando:

— Mim quer quarto.

Percebeu Mme. Barbosa que lidava com ingleses e, com essa descoberta, muito se alegrou porque, como todos nós, ela tinha também a imprecisa e parva admiração que os ingleses, com a sua arrogância e língua pouco compreendida, souberam nos inspirar. De resto, os ingleses têm fama de dispor de muito dinheiro e ganham duzentos, trezentos, quinhentos mil-réis por mês, todos nós logo os supomos dispondo dos milhões dos Rothschild.

Mme. Barbosa alegrou-se, portanto, com a distinção social de tais hóspedes e com a perspectiva dos extraordinários lucros, que certamente lhe daria a riqueza deles. Apressou-se em ir pessoalmente mostrar a tão nobres personagens os cômodos que havia vagos.

Subiram ao primeiro andar e a dona da pensão apresentou com os maiores gabos um amplo quarto com vista para a

across the mutable screen of the infinite ocean.

— I think this one will do. Mr. Elesbão, the Congressman from Sergipe, used to live here. Do you know him?

— Oh, no, the Englishman replied dryly.

— I'll have a double bed installed.

The annoyed British citizen interrupted Mme. Barbosa before she could continue.

— Oh! Me not married. Miss here, my niece.

Miss lowered her eyes, full of innocence and naiveté. Madam Barbosa regretted making a ill-advised assumption and apologized.

— I'm sorry, I didn't know...

And then added immediately:

— So you'd like two rooms, then?

The Englishman's companion, who had been silent until then, answered with un-British enthusiasm.

— Oh! Yes, ma'am!

Mme. Barbosa volunteered:

— I have another room besides this one.

— Where?, the Englishman asked in his native language.

— Excuse me?, the landlady replied.

— Where?, Miss translated.

— There.

And Mme. Barbosa pointed at a door almost next to the room she had shown originally. The Englishman's eyes suddenly flashed with joy, while Miss's shone with delight. They exclaimed as one:

— Very good!

— All right!

entrada da baía — um rasgão na tela mutável do oceano infinito.

— Creio que servirá este. Aqui morou o doutor Elesbão, deputado por Sergipe. Conhecem?

— Oh, não, fez o inglês, secamente.

— Mando pôr uma cama de casal...

Ia continuando Mme. Barbosa, quando o cidadão britânico interrompeu-a, como se estivesse zangado:

— Oh! Mim não é casada. Miss aqui, meu sobrinha.

A miss por aí baixou os olhos cheios de candura e inocência; Mme. Barbosa arrependeu-se da culpa que não tinha, e desculpou-se:

— Perdoe-me... Não sabia...

E ajuntou logo:

— Então querem dois quartos?

A companheira do inglês, até aí muda, respondeu com calor pouco britânico:

— Oh! sim, senhora!

Mme. Barbosa prontificou-se:

— Tenho, além deste quarto, um outro.

— "Where?", perguntou o inglês.

— Como? fez a proprietária.

— Onde? traduziu miss.

— Ali.

E Mme. Barbosa indicou uma porta quase fronteira à do aposento que mostrara em primeiro lugar. Os olhos do inglês fuzilaram bruscamente de alegria e, nos de miss, houve um relâmpago de satisfação. A um tempo, exclamaram:

— Muito bom!

— "All right!"

The two hurriedly examined the rooms, and were about to go down when they ran into Angélica at the landing. The black maid stared at them for a long time with a mix of amazement and respect, frozen in ecstasy, as if witnessing a revelation. Under dim light from the dusty skylight, in those fair faces, those blond locks, those blue eyes, such sweet and immaterial blue, she saw saints, geniuses, something out of an oratory, of a church, of the mythology of her hybrid beliefs, still half-wild.

After a few moments of silent contemplation, she went back to her work, carrying buckets, jars and clay jugs, feeling inebriated with the sight she had just witnessed, while her mistress and the English guests went back down. Meanwhile, Mme. Barbosa bragged tirelessly about the peace and quiet of her boardinghouse and of how respectable it was. "Yes," the Englishman answered. "Yes," his companion answered as well.

They promised to have their luggage delivered on the next day, and the landlady was so touched and honoured by the future presence of lofty new guests she didn't discuss a deposit or payment in advance.

At the front door, Madam allowed herself to watch the English couple, spellbound. She saw them enter the streetcar, admiring the authentically British way they commanded the vehicle to stop and the self-assuredness with which they climbed aboard. Only after they left her sight did she read the card the gentleman had given her.

— George T. Mac. Nabs — C. E.

Radiant and confident in her boardinghouse's prosperity, anticipating her future riches and the rest she would enjoy in her old age, the Missus, as Angélica was fond of calling her, marched into the house with a smile fixed on her lips and a look of satisfaction in her eyes.

At lunchtime, as soon as the guests had gathered around the dinner table, Mme. Barbosa sought a pretext to tell her

Examinaram com pressa os aposentos e já se dispunham a descer quando, no patamar da escada, se encontraram com a Angélica. A preta olhou-os demorada e fixamente, com espanto e respeito; parou estática, como em face de uma visão radiante. À luz mortiça da claraboia empoeirada, ela viu, naqueles cabelos louros, naqueles olhos azuis, de um azul tão doce e imaterial, santos, gênios, alguma coisa de oratório, de igreja, da mitologia de suas crenças híbridas e ainda selvagens.

Ao fim de instantes de muda contemplação, continuou o seu caminho, carregando baldes, jarros, moringues, inebriada na visão, enquanto a sua patroa e os ingleses iniciaram a descida, durante a qual não se cansou Mme. Barbosa de elogiar o sossego e o respeito que havia na sua casa. Mister dizia — "yes"; e miss também — "yes".

Prometeram mandar as malas no dia seguinte e a dona da pensão, tão comovida e honrada com a futura presença de tão soberbos hóspedes, que nem lhes falou no pagamento adiantado ou fiança.

Na porta da rua, ainda Madame se deixou ficar embevecida, contemplando os ingleses. Viu-os entrar no bonde; admirou-lhes o império verdadeiramente britânico com que ordenaram a parada do veículo e a segurança com que se colocaram nele; e só depois de perdê-los de vista foi que leu o cartão que o cavalheiro lhe dera:

— George T. Mac. Nabs — C. E.

Radiante, certa da prosperidade de sua pensão, antevendo a sua futura riqueza e descanso dos seus velhos dias, dona Sinhá, no carinhoso tratamento da Angélica, penetrou pelo interior do casarão adentro com um demorado sorriso nos lábios e uma grande satisfação no olhar.

Quando chegou a hora do almoço, logo que os hóspedes se reuniram na sala de jantar, Mme. Barbosa procurou um pretexto para anunciar aos seus comensais a boa-nova, a notícia

boarders the good news, the wonderfully happy news of the arrival of the English duo at her boardinghouse.

Looking around the room, she picked the table she would assign to the uncle and his niece. It would be a corner table, right next to the last window looking out into the street and out into the yard. It was the coolest spot in the room, and also the most comfortable, since it was the one farthest from all the other tables. While she considered this honour she would bestow on her new guests, leaning against the immense étagère, Mme. Barbosa addressed the pantryman in her loud voice:

— Pedro, tomorrow you save the "window table" for the new guests.

The dining room at the "Boa Vista" Boardinghouse had the classic table at its centre, surrounded by smaller ones. It was lined with pink wallpaper featuring floral patterns and it was adorned by dusty old oleographs representing hunters and their game, including a rabbit that insisted on turning its grubby underside outward of the scene, suggesting Lucullan feasts to Mme. Barbosa's guests. There was also some fruit and an oval mirror. Among the few unaltered rooms in the old house, it had the best light. It has three windows looked out into the street on the left, and two others, separated by a door, looked out into the yard, and there were interior doors as well.

Upon listening to that abrupt recommendation, every guest turned their surprised eyes toward her, as if to ask who were the guests deserving of such excessively high honours, but Mrs. Sofia was the only one to enunciate the question in everyone's eyes. As the oldest guest in the boardinghouse and the recipient of a reasonable income from buildings and policies, she enjoyed some degree of intimacy with the landlady. And she asked unequivocally and candidly, suspending for a moment the meal in progress:

maravilhosamente feliz da vinda de dois ingleses para a sua casa de pensão.

Olhando a sala, escolhera a mesa que destinaria ao tio e sobrinha. Ficaria a um canto, bem junto à última janela, que dava para a rua, ao lado, e à primeira que se voltava para o quintal. Era o lugar mais fresco da sala e também o mais cômodo, por ficar bem distante das outras mesas. E, pensando nessa homenagem aos seus novos fregueses, de pé na sala, encostada à imensa étagère, foi que Mme. Barbosa recomendou ao copeiro em voz alta:

— Pedro, amanhã reserve a "mesa das janelas" para os novos hóspedes.

A sala de jantar da pensão "Boa Vista" tinha a clássica mesa de centro e outras pequenas ao redor. Forrada de papel cor-de-rosa com ramagens, era decorada com umas velhas e empoeiradas oleogravuras, representando peças de caça, mortas, entre as quais um coelho que teimava em voltar o ventre encardido para fora do quadro, dando aos fregueses de Mme. Barbosa sugestões de festins luculescos. Havia também algumas de frutas e um espelho oval. Era dos poucos compartimentos da casa que não sofrera alteração o mais bem iluminado. Tinha três janelas que davam para a rua, à esquerda, e duas outras, com uma porta ao centro, que miravam o quintal, além das comunicações interiores.

Ouvindo tão imprevista recomendação, os hóspedes todos dirigiram o olhar para ela, cheios de estranheza, como querendo perguntar quem eram os hóspedes merecedores de tão excessiva homenagem; mas a pergunta que estava em todos os olhos só foi feita por dona Sofia. Sendo a mais antiga hóspede e possuindo uma razoável renda em prédios e apólices, gozava esta última senhora de uma tal ou qual intimidade com a proprietária. Dessa forma, sem rodeios, suspendendo um instante a refeição já começada, perguntou:

— Who are these princes, Madam?

Mme. Barbosa replied loudly and rather proudly:

— A rich Englishman and his niece.

Mrs. Sofia, who could suspiciously sniff out the widow Barbosa's happiness with her new tenants, could not help but to scowl, snubbing her already upturned nose, pursing her lips, and stating:

— I don't like these foreigners.

Mrs. Sofia had been married to a Portuguese merchant who had made her a wealthy widow, and so very naturally disliked foreigners. Soon, however, she had to contend with Mr. Benevente's contrary opinion.

— Don't say that, Mrs. Sofia. What we need is foreigners, let them come… After all, the English have by all accounts earned our admiration.

The educated man had long been trying to capture the rich widow›s sympathies, attracted by her fortune, famous as it was at the boardinghouse, though her vulgarity would have repelled him.

Mrs. Sofia did not answer the man's reply, and filled with absolute derision, continued to savour her meal.

Magalhães, however, felt obliged to say something, anything.

— You like the English, sir, he ventured. But see, I don't… They're cold, selfish people.

— You're mistaken, Benevente replied at once. England is full of great charitable institutions, schools established and maintained by private initiative. The English aren't as selfish as they say. They're actually just not maudlin sentimentalists like us, they're not useless whiners. They're strong and...

— Strong! They're thieves!, Major Melo shouted. They're usurpers!

— Quem são esses príncipes, madame?

Mme. Barbosa retrucou bem alto e com certo orgulho:

— Uns ingleses ricos: tio e sobrinha.

Dona Sofia, que farejava desconfiada o contentamento da viúva Barbosa com os novos inquilinos, não pôde evitar um movimento de mau humor: arrebitou mais o nariz, já de si arrebitado, deu um muxoxo e observou:

— Não gosto desses estrangeiros.

Dona Sofia havia sido casada com um negociante português que a deixara viúva rica; por isso, e muito naturalmente, não gostava desses estrangeiros; mas teve logo, para contrariá-la, a opinião do doutor Benevente.

— Não diga tal, dona Sofia. O que nós precisamos é de estrangeiros... Que venham... Demais, os ingleses são, por todos os títulos, credores da nossa admiração.

De há muito, o doutor procurava captar a simpatia da rica viúva, cuja abastança, famosa na pensão, atraía-o, embora a vulgaridade dela devesse repeli-lo.

Dona Sofia não respondeu à contestação do bacharel e continuou a almoçar, cheia do mais absoluto desdém.

Magalhães, no entanto, julgou-se obrigado a dizer qualquer coisa, e o fez nestes termos:

— O doutor gosta dos ingleses; pois olhe: não simpatizo com eles... Um povo frio, egoísta.

— É um engano, veio com pressa Benevente. A Inglaterra está cheia de grandes estabelecimentos de caridade, de instrução, criados e mantidos pela iniciativa particular... Os ingleses não são esses egoístas que dizem. O que eles não são é esses sentimentais piegas que nós somos, choramingas e incapazes. São fortes e...

— Fortes! Uns ladrões! Uns usurpadores! exclamou o major Melo.

✷

Melo was a civil servant, promoted to a higher station by the Republic, who impressed anyone who met him as a likely candidate for a bout of apoplexy. Whoever saw his red face and his bullish neck would predict no other end for the man. He had lived in the boardinghouse with his wife ever since his daughters were married; and having been an aide or assistant to Marshal Floriano Peixoto, he preserved the Jacobin spirit of '93[21], the Jacobinism of exclamations and objurgations, which constituted his usual manner of speaking.

Benevente, very calmly, with the superior smile of irony of one debating with a fellow scholar at an academy, faced his furious adversary head-on:

— My dear sir, that's the world as it is. The strong must rule over the weak. We're doomed…

The bachelor of law would use this secondhand Darwinism at his own whims; it was his favourite system, and allowed him to display a front of superior erudition. He had never truly read Darwin, often confusing what that wise Englishman had called metaphors for incontestable truths, actualities and existences. He knew nothing of what critics have argued against Darwin's overzealous disciples and his literary or social communicators, of what we have come to call the limitations of Darwinism, and yet he spoke as securely as the innovator of forty years back and the emphasis of the newly-minted bachelor. He had none of the doubts and hesitations of the true scholar, acting as if he held in his hands the ultimate answer to the mysteries of life and society. That self-assuredness, though certainly inferior, gave him power and impressed the foolish and ignorant; only a finer intelligence, more skilled at dismantling flim-flam factories, would be able to take exception to Benevente's merits. At the boardinghouse, however, where there were none, every

21 1893 was marked by civil war and a rebellion against the government of Marshal Floriano Peixoto (1839-1895), the second president of Brazil. Peixoto was a nationalist and authoritarian man, and Lima Barreto openly spoke out against his ideology.

Melo era um empregado público, promovido, guindado pela República, que impressionava à primeira vista pelo seu aspecto de candidato à apoplexia. Quem lhe visse o rosto sanguíneo, o pescoço taurino, não lhe podia vaticinar outro fim. Morava com a mulher na pensão, desde que casara as filhas; e, tendo sido auxiliar, ou coisa que valha do marechal Floriano, guardava no espírito aquele jacobinismo do 93[21], jacobinismo de exclamações e objurgatórias, que era o seu modo habitual de falar.

Benevente, muito calmo, sorrindo com ironia superior, como se estivesse a discutir numa academia, com outro confrade, foi ao encontro do adversário furioso:

— Meu caro senhor; é lei do mundo: os fortes devem vencer os fracos. Estamos condenados...

O bacharel usava e abusava desse fácil darwinismo de segunda mão; era o seu sistema favorito, com o qual se dava ares de erudição superior. A bem dizer, nunca lera Darwin e confundia o que o próprio sábio inglês chama de metáforas, com realidades, existências, verdades inconcussas. Do que a crítica tem oposto aos exageros dos discípulos de Darwin, dos seus amplificadores literários ou sociais, do que, enfim, se vem chamando as limitações do darwinismo, ele nada sabia, mas falava com a segurança de inovador de há quarenta anos passados e ênfase de bacharel recente, sem as hesitações e dúvidas do verdadeiro estudioso, como se tivesse entre as mãos a explicação cabal do mistério da vida e das sociedades. Essa segurança, certamente inferior, dava-lhe força e o impunha aos tolos e néscios; e, só uma inteligência mais fina, mais apta a desmontar máquinas de embuste, seria capaz de fazer reservas discretas aos méritos de Benevente. Na pensão, porém, onde as não havia, todos recebiam aquelas afirmações

21 O ano de 1893 foi marcado pela guerra civil e uma rebelião contra o governo do Marechal Floriano Peixoto (1839-1895), segundo presidente do Brasil. Peixoto era nacionalista e autoritário, e Lima Barreto se manifestou abertamente contra a sua ideologia.

single one of his statements was taken as acts of smart, wise and ultramodern boldness.

Melo couldn't contain himself at the college man's statement.

— That's why our progress has stalled, he shouted, hoarsely. "Because there are men like you, who say these things. We needed Floriano. Oh, yes, that was the man…

The name of Marshal Floriano Peixoto was a kind of patriotic talisman for Melo, the aegis of nationality. His political genius could work every miracle, realize every progress and change in the country's character. Benevente did not wait long to object, ignoring the bit about Floriano.

— It's a fact, my dear sir, he said. Our love of truth leads us to that conviction. What is there to do? Science bears it out.

The lofty word of science, uttered in that undistinguished spiritual room, reverberated like a bugle sounding the call of victory. Mrs. Sofia turned and glared at the bachelor of law; Magalhães nodded silently; Irene raised her eyebrows widened her eyes; and Mme. Barbosa stopped arranging the teacups in the étagère.

Melo stopped arguing while Benevente continued extolling the virtues of the English. Everyone agreed with him about the great merits of the British people: their initiative, their boldness in commercial, industrial and financial matters, their honesty, their loyalty and, above all, as Florentino added, their morality.

— In England, the latter said, the boys are married as innocent as the girls.

Irene blushed discreetly, while Mrs. Sofia stood up abruptly, dragging the chair on which she had been sitting.

Florentino, a retired judge and usually a silent guest, was a staunch spiritualist, wandering the world with the absent eyes of one peering into the beyond.

como ousadias inteligentes, sábias e ultramodernas.

Melo, ouvindo a afirmação do doutor, não se conteve, exaltou-se e exclamou:

— É por isso que não progredimos... Homens há, como o senhor, que dizem tais coisas... Nós precisávamos de Floriano... Aquele sim...

O nome de Floriano era para Melo uma espécie de amuleto patriótico, de égide da nacionalidade. O seu gênio político seria capaz de fazer todos os milagres, de realizar todos os progressos e modificações na índole do país. Benevente não lhe deixou muito tempo e objetou, pondo de lado a parte de Floriano:

— É um fato, meu caro senhor. O nosso amor à verdade leva-nos a tal convicção. Que se há de fazer? A Ciência prova.

A palavra altissonante de Ciência, pronunciada naquela sala mediocremente espiritual, ressoou com estridências de clarim a anunciar vitória. Dona Sofia virou-se e olhou com espanto o bacharel; Magalhães abaixou afirmativamente a cabeça; Irene arregalou os olhos; e Mme. Barbosa deixou de arrumar as xícaras de chá na étagère.

Melo não discutiu mais e Benevente continuou a exaltar as virtudes dos ingleses. Todos concordaram com ele sobre os grandes méritos do povo britânico: a sua capacidade de iniciativa, a sua audácia comercial, industrial e financeira, a sua honestidade, a sua lealdade e, sobretudo, rematou Florentino: a sua moralidade.

— Na Inglaterra, afirmou este último, os rapazes se casam tão puros como as raparigas.

Irene enrubesceu ligeiramente e dona Sofia levantou-se estrepitosamente, arrastando a cadeira em que estava sentada.

Florentino, hóspede quase sempre mudo, era um velho juiz de direito aposentado, espiritista convencido, que vagava no mundo o olhar perdido de quem perscruta o invisível.

And he continued, aloof to the fact his statement had scandalized the ladies at the table:

— They don't share our intemperance, in our disrespect, in the lewdness of our habits. They have morals… The other day I went to the theatre, sir, and can you imagine what happened? I couldn't stay. And that immorality was such that...

— What play was that, sir?, Mme. Barbosa asked.

— I'm not quite sure… Missy let me be, yes.

— I haven't seen that one yet, Irene replied candidly.

— Then don't, girl!, Florentino replied indignantly. Don't you forget what it says in the Book of Mark: "For whosoever shall do the will of my Father which is in heaven, the same is my brother, and sister, and mother."

Florentino liked the Gospels and quoted them whenever he could, whether it was warranted or not.

A few of the guests stood up, and many had already retired to their rooms. The dining room was empty, and soon young Benevente stood up and left as well. First, though, he looked around the room with his impish eyes, bright with petty mischief and he remarked pithily:

— Like every man, all the strong people of the world are moral, that is, they're chaste. So, I agree with you, Mr. Florentino.

As promised, the English duo's luggage arrived the next day, but the two did not come out to the dining room or converse with the guests elsewhere in the boardinghouse then. They were only seen the following day, at lunchtime. They came in without laying their eyes on anyone, simply mumbling a greeting to their fellow-boarders and sitting at the table assigned by Mme. Barbosa.

They seemed not to enjoy the dishes they had been served, so the Missus hurried to take their orders and, as soon as she was made aware of their requirements, rushed to the kitchen to make the necessary arrangements.

Não percebeu que a sua afirmação havia escandalizado as senhoras e continuou serenamente:

— Lá não há esse nosso desregramento, essa falta de respeito, essa impudicícia de costumes... Há moral... O senhor quer ver uma coisa: outro dia fui ao teatro. Quer saber o que me aconteceu? Não pude ficar lá... Era tal a imoralidade que...

— Que peça era, doutor? — indagou Mme. Barbosa.

— Não sei bem... Era Iaiá me deixe.

— Ainda não vi, disse candidamente Irene.

— Pois não vá, menina! fez com indignação o doutor Florentino. Não se esqueça do que Marcos diz: "Qualquer que fizer a vontade de Deus, esse é o meu irmão, e a minha irmã, e a minha mãe, isto é, de Jesus".

Florentino gostava dos Evangelhos e os citava a cada passo, com ou sem propósito.

Alguns hóspedes levantaram-se, muitos já se tinham retirado. A sala esvaziava-se e não tardou que o jovem Benevente se erguesse também e saísse. Antes passeou pela sala o seu olhar de pequeno símio, cheio de pequeninas espertezas, rematou sentenciosamente:

— Todos os povos fortes, como os homens, são morais, isto é, são castos, doutor Florentino. Concordo com o senhor.

Conforme tinham prometido, no dia seguinte, vieram as malas dos ingleses; mas não apareceram nesse dia na sala de jantar, nem em outras partes da pensão se mostraram aos hóspedes. Só no outro dia imediato, pela manhã, à hora do almoço, foram vistos. Entraram sem descansar o olhar sobre ninguém; cumprimentaram entre os dentes e foram sentar-se no lugar que Mme. Barbosa lhes indicou.

Como parecessem não gostar dos pratos que lhes foram apresentados, dona Sinhá apressou-se em ir receber as suas ordens e logo se pôs a par de suas exigências e correu à cozinha para as providências necessárias.

Miss Edith, as they later learned the young Englishwoman was called, ate and read in silence with her uncle, uninterested in the rest of the room. Witnessing how the landlady kowtowed to the Albionian pair, Mrs. Sofia could not help but purse her lips, which was her usual manner of offering criticism and derision.

But everyone glanced at the two, lacking the energy to address them or to fix their eyes on them. That's how it went on the first day, and on the following days as well. The room grew quiet, rowdy conversations died down, and anyone who wanted something from the pantryman lowered their voice. It was as if everyone had been possessed by the sentiments the meek and childish spirit of old black Angélica had felt in the presence of the English duo.

The guests saw something superior in them, something superterrestrial. They were in awe of the two, and felt a form of religious respect for those two extremely banal creatures born in an island of Western Europe.

The young woman inspired respect more than the Englishman. She didn't have the usual homeliness of export Englishwoman. Her face was rather gentle, her mouth light and sweet, and her beautiful blond locks had shades of Venetian red. She was sober in her actions and slow in her movements, but there was nothing lazy or listless about her. She dressed simply, with discreet elegance.

The Englishman was different, brutal both in manners and countenance. He always behaved as if he was Lord Nelson or the Duke of Wellington, looking at everyone else with derision and crushing superiority, a feeling bolstered by his eschewing long johns, or wearing golf shirts, or drinking beer with rum.

They made no friends at the boardinghouse, and all the other guests endured their contempt as only just and fair from such superior beings.

Miss Edith, como se soube mais tarde chamar-se a moça inglesa, e o tio comiam calados, lendo cada um para o seu lado, desinteressados de toda a sala. Vendo dona Sofia os rapapés que a dona da pensão fazia ao par albiônico, não pôde deixar de dar um muxoxo, que era o seu modo costumeiro de criticar e desprezar.

Todos, porém, olhavam de soslaio para os dois, sem ânimo de dirigir-lhes a palavra ou fixá-los mais demoradamente. Assim foi o primeiro e nos dias que se seguiram. A sala fez-se silenciosa; as conversas bulhentas cessaram; e, se alguém queria pedir qualquer coisa ao copeiro, falava baixo. Era como se de todos se tivesse apossado a emoção que a presença dos ingleses trouxera ao débil e infantil espírito da preta Angélica.

Os hóspedes acharam neles não sei o que de superior, de superterrestre; deslumbraram-se e acharam-se de um respeito religioso diante daquelas banalíssimas criaturas nascidas numa ilha da Europa ocidental.

A moça, mais que o homem, inspirava esse respeito. Ela não tinha a fealdade habitual das inglesas de exportação. Era até bem gentil de rosto, com uma boca leve e uns lindos cabelos louros, a puxar para o veneziano de fogo. As suas atitudes eram graves e os seus movimentos lentos, sem preguiça ou indolência. Vestia-se com simplicidade e discreta elegância.

O inglês era outra coisa: brutal de modos e fisionomia. Posava sempre de Lorde Nelson ou duque de Wellington; olhava todos com desdém e superioridade esmagadora e realçava essa sua superioridade não usando ceroulas, ou vestindo blusas de jogadores de golfe ou bebendo cerveja com rum.

Não se ligaram a ninguém na pensão e todos os demais suportavam aquele desprezo como justo e digno de entes tão superiores.

Even late in the afternoon, when everyone, or almost everyone, retired to the parlour, they still did not deign to exchange a few words with their fellow-boarders. They walked away and headed to the front door, where they usually remained in silence. The Englishman smoked with his eyes half-closed, as if brooding on transcendental thoughts, while Miss Edith leaned her right elbow on an armchair and her face on her hand to watch the clouds, the sky, the mountains, the sea, all the mysteries melding into the magic hour of dusk, as if trying to absorb, unlock and extract from them the secrets of the future. Poets riding the streetcar at that moment would certainly have seen in her a chaste druidess, a Velleda[22], seizing on that undying moment to foretell the truth of what was yet to come.

That's how it went at the boardinghouse, where imaginations slaved away at the vast field of dreams. Benevente thought they were nobles, a duke and his niece; they gave off a certain air of lineage, of knowing how to command, inherited from ancestors throughout the centuries, all the way back to some travelling companion of William of Normandy. Magalhães thought they were related to the Rothschilds, while Mme. Barbosa imagined Mr. Mac Nabs was a bank manager, who every day handled treasures from the cave of Ali Baba. Irene considered he might be an admiral travelling the Seven Seas aboard a mighty battleship, while Florentino had consulted the stars and knew a higher spirit watched over them. Melo himself had silenced his Jacobin indignation to admire the Englishman's sturdy boots, which seemed like they could last for a lifetime.

While they stayed at the boardinghouse, the sentiments they engendered in their housemates were unchanged. For

22 Velleda was a priestess and a seer of the Bructeri tribe, a Germanic people who reached some prominence during the Batavian rebellion of 69-70 A.D., led by the Romanized Batavian chieftain Gaius Julius Civilis, when she correctly predicted the rebel's initial successes against the Roman legions.

Nem mesmo à tarde, quando, após o jantar, vinham todos, ou quase, para a sala da frente, eles se dignavam trocar palavras com os companheiros de casa. Afastavam-se e iam para a porta da rua, onde se mantinham geralmente calados: o inglês fumando, com os olhos semicerrados, como se incubasse pensamentos transcendentes; e Miss Edith, com o cotovelo direito apoiado no braço da cadeira e a mão na face, olhando as nuvens, o céu, as montanhas, o mar, todos esses mistérios fundidos na hora misteriosa do crepúsculo, como se o quisesse absorver, decifrá-lo e tirar dele o segredo das coisas futuras. Os poetas que passassem no bonde, certamente, veriam nela uma casta druidesa, uma Veleda[22], descobrindo naquele instante imperecível o que havia de ser pelos dias vindouros em fora.

Eram assim na pensão, onde faziam trabalhar as imaginações no imenso campo do sonho. Benevente julgava-os nobres, um duque e sobrinha; tinham o ar de raça, maneiras de comando, depósito da hereditariedade secular dos seus ancestrais, começando por algum vagabundo companheiro de Guilherme da Normandia; Magalhães pensava-os parentes dos Rothschild; Mme. Barbosa supunha Mr. Mac Nabs gerente de um banco, metendo todos os dias as mãos em tesouros da gruta de Ali Babá; Irene admitia que ele fosse um almirante, viajando por todos os mares da Terra, a bordo de poderoso couraçado; Florentino, que consultara os espaços, sabia-os protegidos por um espírito superior; e o próprio Melo calara a sua indignação jacobina para admirar as fortes botas do inglês, que pareciam durar a eternidade.

Todo o tempo em que estiveram na pensão, o sentimento, que a respeito deles dominava os seus companheiros de casa, não se modificou. Até em alguns cresceu, solidificou-se,

22 Veleda era uma sacerdotisa e vidente da tribo dos Bructeri, um povo germânico que alcançou certa proeminência durante a rebelião bataviana de 69-70 d.C., liderada por Bataviano Gaius Julius Civilis, quando ela previu corretamente os sucessos iniciais dos rebeldes contra as legiões romanas.

some they even grew, solidifying and crystallizing into pious awe. Even Mrs. Sofia, seeing her position in the home undiminished, shared in the general admiration.

For Angélica, the whole thing had taken up a wholly religious aspect. When taking her the hot chocolate in the morning, the old black maid walked in , shy and afraid, unsure she should call the young woman if Mrs., Ma'am, Missus or Our Lady.

She often worried about disturbing her sleep and breaking the serene spell of sleep framed by her golden locks. She left the cup on her nightstand, but the infusion would cool and the poor maid would be scolded, in unintelligible gibberish, by the goddess she adored. But even then she refused to mend her ways, and if she found the Englishwoman sleeping, the thrill of the moment erased the memory of the censure. The hot chocolate would cool down, Angélica wouldn't disturb her, and the girl would berate Angélica once again.

One of those mornings, the black maid went to take hot chocolate to Mr. George's niece and was greatly surprised not to find her in her room. At first she thought the girl was in the loo, but had just walked past it and seen its door open. Where could she be? She suspected a miracle, an ascension to the heavens through golden clouds; and miss had earned it, she was sure, with that purely oval face and those eyes like the cloudless sky.

Enjoying the reward of her service, Angélica left the Englishwoman's quarters, and at that moment watched the holy lady leaving her uncle's room, still in her nightshirt. She was astonished, but her naiveté blew away and the truth burned in her eyes. She watched her go into the room and stood in the hallway, barely able to hold the tray in her hands, the disillusioned maid mumbled between gritted teeth.

— Disgraceful! You can't trust those foreigners... they're just like us...

And she went on from room to room, in her humble and unloved offices.

cristalizou-se em uma admiração beata e a própria dona Sofia, vendo que a sua consideração na casa não diminuía, partilhou a admiração geral.

Em Angélica, a coisa tomara feição intensamente religiosa. Pela manhã, quando levava chocolate ao quarto da miss, a pobre preta entrava medrosa, tímida, sem saber como tratar a moça, se de dona, moça, patroa, ou se de minha Nossa Senhora.

Muitas vezes temia interromper-lhe o sono, quebrar-lhe o sereno encanto do rosto adormecido na moldura dos cabelos louros. Deixava o chocolate sobre a mesa de cabeceira; a infusão esfriava e a pobre negra era mais tarde repreendida, em uma algaravia ininteligível, pela deusa que ela adorava. Não se emendava, porém; e, se encontrava a inglesa dormindo, a emoção do momento apagava a lembrança da repreensão. Angélica deixava o chocolate a esfriar, não despertava a moça e era de novo repreendida.

Em uma dessas manhãs, em que a preta foi levar o chocolate à sobrinha de Mr. George, com grande surpresa sua, não a encontrou no quarto. Em começo pensou que estivesse no banheiro; mas havia passado por ele e o vira aberto. Onde estaria? Farejou um milagre, uma ascensão aos céus, por entre nuvens douradas; e a miss bem o merecia, com o seu rosto tão puramente oval e aqueles olhos de céu sem nuvens...

Premida pelo serviço, Angélica saiu do aposento da inglesa; e foi nesse instante que viu a santa sair do quarto do tio, em trajes de dormir. O espanto foi imenso, a sua ingenuidade dissipou-se e a verdade queimou-lhe os olhos. Deixou-a entrar no quarto e, cá no corredor, mal equilibrando a bandeja nas mãos, a deslumbrada criada murmurou entre os dentes:

— Que pouca vergonha! Vá a gente fiar-se nesses estrangeiros... Eles são como nós...

E continuou pelos quartos, no seu humilde e desprezado mister.

PLANETARY

conference

PAN

PLANETÁRIO

congresso

Plain vultures don't trifle with kings.
Popular saying

The conferences had so multiplied, one had to be original. Within each of the eight planets[23], from the most brutish, which I believe to be Venus, to the most intelligent, which should naturally be Neptune, it was impossible to hold one that did not represent the thousandth variation of all the previous conferences. They were never absolute necessities, but the need for spectacle has in all of us both strong requirements and convenient deviations.

23 In 1920, when this tale was written, Pluto, which was long regarded as the ninth planet in the Solar System, had not yet been discovered. Evidence of its existence would only occur when astronomer Clyde Tombaugh (1906-1997), working at Lowell Observatory, proved its position in 1930. Later, in 2006, Pluto was reassigned as a dwarf planet, being the largest celestial body in the Kuiper Belt.

Urubu pelado não se mete no meio dos coroados

Ditado popular

De tal forma se haviam multiplicado os congressos, que foi preciso ser original. Dentro de cada um dos oito planetas[23], desde o mais bronco, que me parece ser Vênus, até o mais inteligente, que naturalmente deve ser Netuno, não era possível reunir um que não fosse a milésima repartição dos outros anteriores. Congressos nunca foram coisas de primeira necessidade; mas a necessidade do espetáculo tem em todos nós tão fortes exigências como desvios convenientes.

23 Em 1920, quando este conto foi escrito, Plutão, que por muito tempo foi considerado como o nono planeta do sistema solar, ainda não tinha sido descoberto. A comprovação da sua existência somente ocorreria quando o astrônomo Clyde Tombaugh (1906-1997) que trabalhava no Observatório Lowell comprovou a sua posição em 1930. Posteriormente, em 2006, Plutão foi redesignado como um planeta-anão, sendo o maior corpo celeste do Cinturão de Kuiper.

In addition, Jupiter was then so advanced that it simply had to put on a show for the rest of the system. Every year, it produced 200.000$000 in finished bamboo picks (to fight toothaches); and, thanks to its modern electric typewriters, its authors and philosophers packed railroad warehouses with billions of tons of printed paper. One particular author, by narrating his every action and conversation in a year, day by day, hour by hour, minute by minute, second by second, produced a work in 68,922 volumes, running 20,677,711 pages, 3,000,000 of which – the very best! – were blank, signifying his hours of dreamless sleep.

The author didn't fail to include even the orders he gave his staff, or the banal words we exchange when greeting each other. He recorded everything, claiming it made the book weightier and, therefore, more valuable.

Jupiter was the only one in that condition: all the other fellow solar satellites lived poorly... Since they had been discovered they all had linked by a hidden force, one which had only a mediocre influence on their particular destinies, despite its mutual influence on all, and since originality in conferences was key, Jupiter proposed, and all remaining planets agreed, that they should come together in a Pan-Planetary Conference.

They should, claimed the Jovian ambassadors, establish a planetary spirit, in opposition to the stellar spirit. With that, they hid their secret desire to sell to the other planets their finished perfected picks, callus ointments, tons of literary wrapping paper, and other similar products from their limitless activity, not to mention the aim of conquering a few of them, in total or in part.

None of the others looked kindly on Jupiter's goals, but the latter eventually wore them down, convincing them to be original and to call the Universe's attention... Doesn't the stellar world mock us? Doesn't Altair deride us all the time? Doesn't

Demais, Júpiter estava em tal estado de adiantamento que precisava mostrar-se ao sistema todo. Produzia por ano 200.000$000 de toneladas de aperfeiçoadas farpas de bambus (específico para dores de dentes); e os seus filósofos e escritores, graças às modernas máquinas elétricas de escrever, abarrotavam os armazéns das estradas de ferro com bilhões de toneladas de papel impresso. Houve um que, narrando todas as conversas e atos do ano, dia por dia, hora por hora, minuto por minuto, segundo por segundo, escreveu uma obra de 68.922 volumes, com 20.677.711 páginas, das quais 3.000.000 alvas e limpas – as melhores! – significavam as horas de seu sono sem sonhos.

O autor não omitiu nelas nem as ordens aos criados, nem tampouco as frases vulgares que trocamos ao cumprimentar. Tudo registrou porque, dizia ele, isso aumentava o peso da obra, e, portanto, o seu valor.

Era unicamente Júpiter que estava assim: o resto dos satélites do Sol vivia sofrivelmente... Como, porém, houvessem descoberto que todos eles estavam ligados por uma força oculta que, embora influindo mutuamente sobre todos eles, pesava mediocremente sobre os destinos particulares de cada um; e, como também fosse preciso ser original nos congressos, Júpiter propôs, e todos os planetas restantes aceitaram, a reunião de um Congresso Pan-Planetário.

Era preciso, diziam os embaixadores de Júpiter, formar um espírito planetário, em contraposição ao espírito estelar. Com isso, eles escondiam o secreto desejo de vender aos outros planetas farpas aperfeiçoadas, remédios para calos, toneladas de um literário papel de embrulhos e outros produtos similares de sua atividade sem limites, não esquecendo o fito de conquistar alguns destes últimos ou parte deles.

Todos os outros não viram bem esse propósito de Júpiter; mas este lhes venceu a resistência convencendo-os de que deviam ser originais e chamar a atenção do Universo... O mundo estelar não nos debocha? Altair não está sempre a

Aldebaran threaten us with its redness? Doesn't Sirius disdain us? We'll show them.

The meeting, it was decided, would take place on Earth. Not that Earth was especially powerful, but because, in recent years, it had installed on its poles a giant horn that screamed into the stars: "I'm the first planet around this orb, my roads run for millions of meters, I'm the universal paradise," and so on and so forth.

The horn was imperative, since the byways, palaces, gardens and theatres were destined for the extraterrestrials and meant to attract them, based on the notion that the strangers would bring prosperity to Earth.

Its people we know all too well: full of airy poetry, tender and loquacious, somewhat indolent, but liberal, relaxed and openhanded for being liberal.

These are both strengths and weaknesses, because people have neither one nor the other, only personality traits, nothing more.

These are not Jupiter's: the Jovians are rigid, hard, and cold, with two prevailing sentiments: largeness, which is its standard of beauty, and goldenness.

An inhabitant from that large planet, once on Earth, upon watching the skies bathed in liquid gold at twilight, threw such a fit and climbed the mountains in such haste to harvest it that there was an earthquake at the antipodes.

At the sight of gold, they start huffing and puffing, with their eyes bloodshot, and become enraged. They set their minds to murder, disembowelling strangers, friends, relatives, even parents. Curiously, they only want gold to build strange boxes, six leagues high and six square inches at the base. That is their idea of beauty... To that they add an aversion to cats, an idiotic, hysterical sort of hatred; "cats". However, felines are good, having the candour of children if old, and gracile spontaneity

rir-se sarcasticamente de nós? Aldebarã não nos ameaça com seu rubor? Sírius não nos desdenha? Havemos de lho mostrar.

A reunião – ficou decidido – teria lugar na Terra. Não porque a Terra fosse muito poderosa, mas porque, nos últimos anos, ela instalara nos seus polos uma imensa buzina que gritava para as estrelas: "Sou o primeiro planeta do orbe, tenho estradas de milhões de metros: sou o paraíso do Universo" etc. etc.

A buzina era indispensável, visto que os caminhos, palácios, jardins e teatros etc. se destinavam aos extraterrestres e tinham por fim atraí-los, no pensamento de que os estranhos viessem trazer a segura prosperidade dela – a Terra.

O seu povo, todos conhecem-no: é uma gente cheia de uma nevoenta poesia, tema, loquaz, um tanto indolente, mas liberal, por ser relaxada, e generosa, por ser liberal.

São defeitos e são qualidades, mesmo porque, para os povos, não há defeitos nem qualidades; há características, e mais nada.

Os de Júpiter não são assim; são rígidos, duros e frios; e têm dois sentimentos dominadores: o do enorme, que é o seu critério de beleza, e o do dourado.

Um habitante do grande planeta, uma vez na Terra, ao ver pelo crepúsculo o céu banhado de ouro liquefeito, esperneou de tal modo e de tal modo subiu às montanhas para colhê-lo que nos antípodas houve um terremoto.

Em vendo a cor do ouro, eles saem bufando, com o olhar injetado, em estado de fúria; e saem matando, estripando a indiferentes, a amigos, a parentes e até aos pais; e – curioso – só querem ouro para construir caixões de seis léguas de alturas e seis polegadas quadradas de base. Eis como sentem a beleza... A isso juntam um horror pelos gatos, um ódio idiota e histérico; no entanto, os "gatos" são bons; se velhos, têm a candura de criança; se crianças, uma grácil espontaneidade de encantar.

if young. Even if no better than their fellow planetmen, they are all perfectly equal.

Nevertheless they are also sensitive and audile, providing them the ability to create their own poetry and music, of which the Jovians take advantage of, even if they can prevented by creating these artistic manifestations themselves from producing the same artistic endeavours.

But the Jovians abhor them, because the "cats" can vote, though this right had been granted to them by their own nemeses.

For any mere trifle, the stupid Jovians gather in a public square and beat them to death, burn them, rip them to shreds, with no due process at all, under the pretext that the "cat" had meant to marry or court one of their daughters. This is called banditry, and is similar to the Yankee lynchings.

A traveller who visited that land found those "cats" to be exceptionally shy and sweet, and was surprised that the suffering and humiliation they endured did not lead to criminality.

Their harassment is barbarous and cowardly. They call them craven, but turn to them as soon as war is declared, and the "cats" perform admirably. Once peace is restored, they are cornered and oppressed, but yet grow and multiply... Such a weak race!

Jupiter, as I was saying, heeded the cry and organized the conference on Earth.

During the first session, the Jovians spoke at length about the brotherhood of all animals in the universe: men and cats, asses and Jovians, Martians and foxes. One of the representatives from Jupiter even made a beautiful speech about it.

Jupiter always tries the same old manoeuvre, rambling about liberty, fraternity and so forth. Once, it declared war on Saturn to free its people. As soon as it won, however, Jupiter

Mesmo se não são melhores do que os seus companheiros de planeta, são perfeitamente iguais a eles.

Contudo, são doridos e auditivos, o que lhes dá a faculdade de criar uma poesia e uma música próprias, das quais os de Júpiter se aproveitam, à míngua de poder eles mesmos criar essas manifestações artísticas, pois a sua insensibilidade não o permite.

Mas os jupiterianos não os toleram, porque podem os "gatos" votar, embora fossem os próprios algozes destes que lhes tivessem dado esse direito.

Por qualquer dá cá aquela palha, os estúpidos jupiterianos se reúnem na praça pública e matam a pauladas, a fogo, à fouce, sem forma de processo alguma, sob o pretexto de que o "gato" queria casar ou namorava uma filha deles. Lá se chama banditismo e é coisa parecida com o linchamento yankee.

Um viajante, entretanto, que lá esteve, achou esses "gatos" excepcionalmente tímidos e doces, admirando-se que lá não houvesse mais crimes, provocados pelos sofrimentos e humilhações que eles sofrem.

Perseguem-nos de um modo bárbaro e covarde. Chamam-nos de poltrões, mas, quando querem guerrear, socorrem-se deles e os "gatos" se portam bem. Vem a paz, oprimem-nos, encurralam-nos mas, assim mesmo, eles crescem e multiplicam-se... Fraca raça!

Júpiter, como ia dizendo, acudiu ao grito da buzina e reuniu o congresso na Terra.

Na primeira sessão, logo os jupiterianos falaram na fraternidade de todos os animais do Universo: homens e gatos, burros e jupiterianos, marcianos e raposos. Um principal de Júpiter até, a esse respeito, fez um discurso muito bonito.

É muito cediça a manobra de Júpiter falar sempre em liberdade, fraternidade etc. Certa vez, ele declarou guerra a Saturno, para libertar-lhe os povos. Logo, porém, que o venceu,

reinstated slavery, which had previously been abolished, just like North America did to the Mexican province of Texas in 1837.

As everyone expected, conference activities proceeded apace.

Besides discussing establishment of suspension bridges that would interlink all the planets to each other, the conference voted on the following conclusions on the subject of perfect animal brotherhood:

a) Animals of all kinds should no longer be eaten (cows, sheep, pigs);

b) Birdcages should be at least twice as big, minimum;

c) On hunts, shotguns could be loaded with no more than six balls of lead shot;

d) Generalizing five ball games in goat society.

The program was wide-ranging and merciful; even a Jovian representative prayed on the matter and quoted the Bible extensively, both the New and the Old Testament. It was a pity there weren't more churchwomen around to cry out alongside him, who would have been worthy of St. Vincent de Paul[24], since it would be improper to mention Shakyamuni[25].

The people of Earth – and such good people they are! – rejoiced, and their chests swelled with pride at crying out to the stars: "We won't eat cattle anymore! We'll have nothing to do with the stars!"

There were parties, with feasts and balls for some, and magic lanterns for those who wished to watch the amazing phantasmagorias in the press.

24 Vincent de Paul (1581-1660), Catholic saint renowned for his charity.

25 Another name for the Buddha, meaning "sage of the Shakyas."

restabeleceu a escravatura que já estava absolvida. Tal e qual a América do Norte fez com o Texas, província do México, em 1837.

Como todos esperavam, os trabalhos do congresso prosseguiram com grande atividade.

Além de tratar do estabelecimento de pontes pênseis que ligassem todos os planetas entre si, o congresso votou as seguintes conclusões sobre a perfeita fraternidade animal, estabelecida nos seguintes pontos:

a) Não se deveria mais comer qualquer animal (boi, carneiro, porco);

b) As gaiolas dos pássaros deveriam ser aumentadas do dobro, no mínimo;

c) Na caça, uma espingarda não poderia ser carregada com mais de seis grãos de chumbo;

d) Generalizar cinco jogos de bola na sociedade dos cabritos.

O programa era vasto e piedoso; e até um principal de Júpiter, a esse respeito, orou e citou largamente a Bíblia, tanto o Antigo como o Novo Testamento, fazendo pena não haver ali muitas beatas que pudessem chorar com tal homem, tão digno de vir a substituir são Vicente de Paulo[24], porque não é próprio citar Sáquia-Múni[25].

O povo da Terra – boa gente! – exultou e encheu-se de orgulho por poder mandar às estrelas este grito: "Não comemos mais bois! Nada temos com as estrelas!".

Houve festas: banquetes e bailes para alguns; luminárias para quem quisesse ver as fantasmagorias surpreendentes nos órgãos de publicidade.

24 Vicente de Paulo (1581-166), santo católico renomado pela caridade.

25 Outra denominação dada a Buda, significando "Sábio dos Shakyas".

In the heavens, however, Sirius smiled and Altair grew even yellower. Among the Pleiades, two stars grew pale in amazement, while Aldebaran tried to warn the dunces, but couldn't.

Jupiter sold to all its brothers many tons of picks, callus medicine, and literary paper. There was some violence involved, which I will refrain from telling, though it should be mentioned it occupied part of Mercury...

If not completely poisoned, however, those products were still deleterious. Earth became banal, Mars lost its intelligence, Venus its disinterested love, Neptune its generous bravery. The "cats" of all planets came to enjoy the full benefits of Jovian institutions, as a matter of fact, they were expelled from the community of their compatriots.

Under the auspices of Jupiter, this is how animal brotherhood came to be in the whole Solar System.

And Sirius smiled forevermore.

No Céu, porém, Sírius sorriu e Altair mais amarela se fez. Da plêiade, duas estrelas empalideceram de espanto, e a Aldebarã quis avisar aos néscios, mas não pôde.

Júpiter vendeu a todos os seus irmãos toneladas de farpas, de remédios para calos, de papel literário; e isto com alguma violência, que me eximo de contar. De passagem, digo-lhes que ele ocupou um pedaço de Mercúrio...

Se tais produtos não estavam completamente envenenados, foram, no entanto, deletérios. A Terra banalizou-se; Marte perdeu a inteligência; Vênus, o amor desinteressado; Netuno, a bravura generosa; os "gatos" de todos os planetas, contudo, vieram a gozar dos benefícios das instituições jupiterianas, isto é, foram expulsos da comunhão dos patrícios.

Sob os bons auspícios de Júpiter, foi assim que se fez a fraternidade animal em todo o sistema planetário.

Sírius nunca mais cessou de sorrir.

dos ANJOS

clara

dos ANJOS

To Andrade Muricy[26]

Postman Joaquim dos Anjos was not a man given to serenades, but he liked the guitar and enjoyed listening to little ditties. Joaquim played the flute, an instrument once held in high esteem, now facing a decline in its popularity. He even considered himself a musician, since he was given to writing waltzes and tangos and accompaniments for the songs.

He had learned the musical foundations in the land where he had been born, on the outskirts of Diamantina, and knew it by heart; but no more than that.

26 José Cândido de Andrade Muricy (1895-1984) was a literary critic and author of works of fiction and essays, who belonged to the Festa Group, a group of Brazilian modernist poets whose proposal was a return to symbolist roots and cultivated a spiritualist and Catholic tradition lines.

A Andrade Muricy[26]

O carteiro Joaquim dos Anjos não era homem de serestas e serenatas, mas gostava de violão e de modinhas. Ele mesmo tocava flauta, instrumento que já foi muito estimado, não o sendo tanto atualmente como outrora. Acreditava-se até músico, pois compunha valsas, tangos e acompanhamentos para modinhas.

Aprendera a "artinha" musical na terra de seu nascimento, nos arredores de Diamantina, e a sabia de cor e salteado; mas não saía daí.

26 José Cândido de Andrade Muricy (1895-1984) foi um crítico literário e autor de obras de ficção e de ensaios, que pertenceu ao Grupo Festa, um grupo de poetas modernistas brasileiros, cuja proposta era um retorno às raízes simbolistas e que cultivava uma linha espiritualista e de tradição católica.

A man of little ambition when it came to music, which was also mirrored in all other aspects of his life. Employed by a famous attorney, he had always wanted a modest civil servant job that would allow him to retire, as well leave a pension for his wife and daughter. He had gotten that job at the post office fifteen to twenty years before, and was quite content with it, despite the hard work and meager pay.

As soon the job was official, he sold off the land he had in his home town and acquired the little suburban house. It wasn't pricey, and the money hadn't been enough. Therefore, he paid the amount due in instalments. The house had been paid for, now, for a few years. It was a simple place: two bedrooms, one opening into the living room, the other into the dining room. About a third of the width of the house was occupied by a little extension in the back for the kitchen. Outside, there was a shed for the bathroom, laundry, etc.; and the yard had a reasonable enough area, hosting a few ragged guava trees and a large, shady tamarind.

The street was flat and, when it rained, became as soggy as a swamp, but it was full of people, and looked out on a beautiful panorama, mountains that seemed to surround it from every side, irrespective of the distance. There were some good houses on that street. There was even an old estate, with a typical house of that era: wide facade, low, flat roof, tiles lining the walls to half their height, nothing fancy. It was a little ugly, it's true, but it fit perfectly well with the elderly mango trees, the robust jack trees, and all those large, old trees that might have only bore fruit after the men who planted them were gone.

In those days, that estate harboured Bible meetings. On Saturdays, the chanting echoed from the site almost every hour to fill the neighbourhood. The neighbours weren't hostile to the congregants, and a few humble men and poorer lasses even

Pouco ambicioso em música, ele o era também nas demais manifestações de sua vida. Empregado de um advogado famoso, sempre quisera obter um modesto emprego público que lhe desse direito à aposentadoria e ao montepio, para a mulher e a filha. Conseguira aquele de carteiro, havia quinze para vinte anos, com o qual estava muito contente, apesar de ser trabalhoso e o ordenado ser exíguo.

Logo que foi nomeado, tratou de vender as terras que tinha no local de seu nascimento e adquirir aquela casita de subúrbio, por preço módico, mas, mesmo assim, o dinheiro não chegara e o resto pagou ele em prestações. Agora, e mesmo há vários anos, estava de plena posse dela. Era simples a casa. Tinha dois quartos, um que dava para a sala de visitas e outro, para a de jantar. Correspondendo a um terço da largura total da casa, havia nos fundos um puxadito que era a cozinha. Fora do corpo da casa, um barracão para banheiro, tanque etc.; e o quintal era de superfície razoável, onde cresciam goiabeiras maltratadas e um grande tamarineiro copado.

A rua desenvolvia-se no plano e, quando chovia, encharcava que nem um pântano; entretanto, era povoada e dela se descortinava um lindo panorama de montanhas que pareciam cercá-la de todos os lados, embora a grande distância. Tinha boas casas a rua. Havia até uma grande chácara de outros tempos com aquela casa característica de velhas chácaras de longa fachada, de teto acaçapado, forrada de azulejos até a metade do pé-direito, um tanto feia, é fato, sem garridice, mas casando-se perfeitamente com as anosas mangueiras, com as robustas jaqueiras e com todas aquelas grandes e velhas árvores que, talvez, os que as plantaram, não tivessem visto frutificar.

Por aqueles tempos, nessa chácara, se haviam estabelecido as "bíblias". Os seus cânticos, aos sábados, quase de hora em hora, enchiam a redondeza. O povo não os via com hostilidade, mesmo alguns humildes homens e pobres

sympathized with them, reasoning that they weren't like Catholic priests, who asked for money for everything and anything.

The leader of the protestants was Mr. Sharp, a tenacious American, full of biblical eloquence that must have been magnificent in English, but was simply picturesque in his questionable Portuguese. Sharp belonged to that curious Yankee breed who every so often, from a particular interpretation of a couple of verses from the Bible, established a new Christian sect, spread its word and soon found new adepts, who were never quite sure why they joined the new church or how it differed from their previous one.

He made proselytes and, when it came to starting a new class, the novices slept in camping tents, raised either on the farmstead's terrace or between the estate's battered and ragged old trees. The preparatory ceremonies lasted a whole week, full of divine canticles; and the old extensive estate, with its tents and psalmody, took upon itself a queer aspect, a kind of outdoor convent mixed with a certain air of military camp.

The neighbourhood supplied few orthodox adepts, but many visited it out of simple curiosity or to delight in Mr. Sharp's oratory.

They visited without repugnance, because our common people is given to concocting fantastic amalgams of every sort of religion and belief, and availing themselves to one or the other according to the vagaries of their existence. If you want to fight off setbacks, resort to witchcraft. If you want to heal a tenacious and persistent malady, go see the spiritualist. But never tell a poor Brazilian not to have a Catholic priest baptize their children, not one fails to be riled up: "My son, a pagan! Heaven forbid!"

Joaquim was no exception to that rule, and his wife Engrácia even less so.

raparigas simpatizavam com eles, porque, justificavam, não eram como os padres que, para tudo, querem dinheiro.

Chefiava os protestantes um americano, Mr. Sharp, homem tenaz e cheio de uma eloquência bíblica que devia ser magnífica em inglês; mas que, no seu duvidoso português, se fazia simplesmente pitoresca. Era Sharp daquela raça curiosa de yankees que, de quando em quando, à luz da interpretação de um ou mais versículos da Bíblia, fundam seitas cristãs, propagam-nas, encontram adeptos logo, os quais não sabem bem por que foram para a nova e qual a diferença que há entre esta e a de que vieram.

Fazia prosélitos e, quando se tratava de iniciar uma turma, os noviços dormiam em barracas de campanha, erguidas no eirado da chácara ou entre as suas velhas árvores maltratadas e desprezadas. As cerimônias preparatórias duravam uma semana, cheia de cânticos divinos; e a velha propriedade, com as suas barracas e salmodias, adquiria um aspecto esquisito de convento ao ar livre de mistura com um certo ar de acampamento militar.

Da redondeza, poucos eram os adeptos ortodoxos; entretanto, muitos lá iam por mera curiosidade ou para deliciar-se com a oratória de Mr. Sharp.

Iam sem nenhuma repugnância, pois é próprio do nosso pequeno povo fazer um extravagante amálgama de religiões e crenças de toda sorte, e socorrer-se desta ou daquela, conforme os transes de sua existência. Se se trata de afastar atrasos de vida, apela para a feitiçaria; se se trata de curar uma moléstia tenaz e resistente, procura o espírita; mas não falem à nossa gente humilde em deixar de batizar o filho pelo sacerdote católico, porque não há quem não se zangue: "Meu filho ficar pagão! Deus me defenda!"

Joaquim não fazia exceção desta regra e sua mulher, a Engrácia, ainda menos.

They had been married for almost twenty years and had only the one daughter, Clara. The postman was light-skinned, but had nappy hair, as they say; his wife, though darker-skinned, had straight hair.

In matters of skin tone, the daughter took after her father; in hair, after her mother; while in stature she was somewhere in between. Joaquim was tall, very tall, above average, with square shoulders; her mother, though not squat, fell short of average, and had slender but regular physique, unlike her thick-nosed husband. Clara, the daughter, was in between them in everything, and looked clearly like their daughter. Accustomed to her father's musical shindigs, she grew up imbibing vapours of their ditties, clouding her poor girl's soul with the melancholy and the affectations of their crooning.

At the age seventeen, both her father and her mother kept a close watch on her. Engrácia ran to Mr. Nascimento's emporium to pick up the groceries faster than her daughter. Not that Mr. Nascimento's emporium was a den of iniquity; much to the contrary, the regulars who were habitué there were all very respectful. Alípilo, for one, was a very curious sort of fellow, a good-natured person and well-mannered despite his lack of means.

He looked like a gamecock, but had nothing of the repugnant ferocity of Malayan fighting roosters. Indeed, he had none of it.

Another regular at the emporium was the Englishman Mr. Persons, a draftsman at the large mechanical workshop in the vicinities. He would stop by the emporium after work, sit on one of the folding taborets, and there remaining until dusk, sipping on his drink or reading Mr. Nascimento's newspapers. Silent, almost taciturn, he said very little, but grew cross whenever anyone thought "Mister" was his given name.

There was also the philosopher Menezes, a hydropic old coot who thought of himself as a wise man but was just a

Eram casados há quase vinte anos, mas só tinham uma filha, a Clara. O carteiro era pardo-claro, mas com cabelo ruim, como se diz; a mulher, porém, apesar de mais escura, tinha o cabelo liso.

Na tez, a filha puxava o pai; e no cabelo, à mãe. Na estatura, ficara entre os dois. Joaquim era alto, bem alto, acima da média, ombros quadrados; a mãe, não sendo muito baixa, não alcançava a média, possuindo uma fisionomia miúda, mas regular, o que não acontecia com o marido que tinha o nariz grosso, quase chato. A filha, a Clara, tinha ficado em tudo entre os dois; média deles, era bem a filha de ambos. Habituada às musicatas do pai, crescera cheia de vapores das modinhas e enfumaçara a sua pequena alma de rapariga pobre com os dengues e a melancolia dos descantes e cantarolas.

Com dezessete anos, tanto o pai como a mãe tinham por ela grandes desvelos e cuidados. Mais depressa ia Engrácia à venda de "seu" Nascimento, buscar isto, ou aquilo, do que ela [sic]. Não que a venda de "seu" Nascimento fosse lugar de badernas; ao contrário: as pessoas que lá faziam "ponto" eram de todo o respeito. O Alípio, uma delas, era um tipo curioso de rapaz, que, conquanto pobre, não deixava de ser respeitador e bem-comportado.

Tinha um aspecto de galo de briga; entretanto, estava longe de possuir a ferocidade repugnante desses galos malaios de apostas, não possuindo – é preciso saber – nenhuma.

Um outro que aparecia sempre lá era um inglês, Mr. Persons, desenhista de uma grande oficina mecânica das imediações. Quando saía do trabalho, passava na venda, lá se sentava naqueles característicos tamboretes de abrir e fechar, e deixava-se ficar até ao anoitecer bebericando ou lendo os jornais do senhor Nascimento. Silencioso quase taciturno, pouco conversava e implicava muito com quem o tratava por Seu Mister.

Havia lá também o filósofo Meneses, um velho hidrópico, que se tinha na conta de sábio, mas que não passava de

clandestine dentist who babbled on about whatever subject came to mind. He was a nice old white man, and his bushy white beard made him look a little like a Roman emperor.

Sometimes, J. Amarante, a poet, an actual poet, who had had a moment of celebrity throughout Brazil, and might have it to this day, would show up at the store. Back then, the alcohol and romantic misfortunes had left him a sad ruin of a man, despite ten volumes of verses, ten successes, on which everyone had made money but himself. He had lost his memory and his wits and couldn't follow a conversation or string sentences together anymore. The suburbs didn't quite know who he was, so they simply called him "the poet."

Another regular at the emporium was old man Valentim, a Portuguese in his sixties who had become bent-backed after more than forty years of working in his farmstead. He told tall tales and anecdotes from his homeland, punctuating every story with the most picturesque Portuguese sayings.

Despite the decent company, Clara did not go to the store; her father, however, occasionally allowed her to accompany her friends to the movies at Meier or Engenho de Dentro on Sundays, while he and a couple of friends stayed at home, playing the guitar, singing, and sipping on parati.

His companions would arrive early in the morning, soon after dawn, to have coffee and then head to the yard. They would sit under the tamarind tree, playing briscola with a bottle of cachaça by their side, and there they stayed without raising their eyes above the naked rock of the mountains in the distance, leaving only at dinnertime to have whatever his wife and daughter had prepared.

Only then did the singing begin.

One day, one of Joaquim's Sunday companions asked his permission to bring over, on his upcoming birthday, a

um simples dentista clandestino, e dizia tolices sobre todas as coisas. Era um velho branco, simpático, com um todo de imperador romano, barbas alvas e abundantes.

Aparecia, às vezes, o J. Amarante, um poeta, verdadeiramente poeta, que tivera o seu momento de celebridade em todo o Brasil, se ainda não a tem; mas que, naquela época, devido ao álcool e a desgostos íntimos, era uma triste ruína de homem, apesar dos seus dez volumes de versos, dez sucessos, com os quais todos ganharam dinheiro menos ele. Amnésico, semi-imbecilizado, não seguia uma conversa com tino e falava desconexamente. O subúrbio não sabia bem quem ele era; chamava-o muito simplesmente — o poeta.

Um outro frequentador da venda era o velho Valentim, um português dos seus sessenta anos e pouco, que tinha o corpo curvado para diante, devido ao hábito contraído no seu ofício de chacareiro que já devia exercer há mais de quarenta. Contava "casos" e anedotas de sua terra, pontilhando tudo de rifões portugueses do mais saboroso pitoresco.

Apesar de ser assim decente, Clara não ia à venda; mas o pai, em alguns domingos, permitia que fosse com as amigas ao cinema do Méier ou Engenho de Dentro, enquanto ele e alguns amigos ficavam em casa tocando violão, cantando modinhas e bebericando parati.

Pela manhã, logo nas primeiras horas, os companheiros apareciam, tomavam café, iam em seguida para o quintal, para debaixo do tamarineiro, jogar a bisca, com o litro de cachaça ao lado; e aí, sem dar uma vista d'olhos sobre as montanhas circundantes, nuas, empedrouçadas, deixavam-se ficar até à hora do "ajantarado" que a mulher e a filha preparavam.

Só depois deste é que as cantorias começavam.

Certo dia, um dos companheiros dominicais do Joaquim pediu-lhe licença para trazer, no dia do aniversário dele, que

young man of his acquaintance named Júlio Costa, who was an excellent and expert crooner of popular songs. He agreed. On the day of the party, the famous balladeer arrived. A freckle-faced white man, bland face and body, he lacked the telltale locks of hair or any other rascally traits. He dressed sombrely, with a very suburban veneer, dressed by a fourth-rate tailor. The only hint of deviousness adequate to his craft consisted of parting his hair down the middle at the top of his head, splitting it precisely in half. He came bearing a guitar. His entrance was a triumph.

Every girl of every colour, whom poverty smoothed over and blurred out, soon came to admire him. Not even Cesare Borgia, entering one of his father's masques in costume at the Vatican, would have caused such a commotion.

They told each other.

— It's him! It's him!

The boys, however, weren't very happy about it. Among themselves, they started telling scabrous tales of the singer's life of gallantry.

Introduced to the master of the house and his daughter, no one noticed the lustful look he gave Clara's perky breasts.

A trio of flute, ukelele and guitar began to play and the dancing started. The polka was the favored dance, having almost everyone dance with the usual samba moves.

Joaquim asked during a break.

— Why don't you sing, Mr. Júlio?

— I've lost my voice, he replied.

Thus far, Júlio had been part of the band, strumming his strings as he ogled little Clara's gyrating hips on the dance floor. Noticing her father had invited the young man, she ventured to do it too.

estava próximo, um rapaz de sua amizade, o Júlio Costa, que era um exímio cantor de modinhas. Acedeu. Veio o dia da festa e o famoso trovador apareceu. Branco, sardento, insignificante, de rosto e de corpo, não tinha as tais melenas denunciadoras, nem outro qualquer traço de capadócio. Vestia-se seriamente com um apuro muito suburbano, sob a tesoura de alfaiate de quarta ordem. A única pelintragem adequada ao seu mister que apresentava consistia em trazer o cabelo repartido no alto da cabeça, dividido muito exatamente pelo meio. Acompanhava-o o violão. A sua entrada foi um sucesso.

Todas as moças das mais diferentes cores que, aí, a pobreza harmonizava e esbatia, logo o admiraram. Nem César Bórgia, entrando mascarado, num baile à fantasia dado por seu pai, no Vaticano, causaria tanta emoção.

Afirmavam umas para as outras:

— É ele! É ele, sim!

Os rapazes, porém, não ficaram muito contentes com isto; e, entre eles, puseram-se a contar histórias escabrosas da vida galante do cantor de modinhas.

Apresentado aos donos da casa e à filha, ninguém notou o olhar guloso que deitou para os seios empinados de Clara.

O baile começou com a música de um "terno" de flauta, cavaquinho e violão. A polca era a dança preferida e quase todos a dançavam com requebros próprios de samba.

Num intervalo Joaquim convidou:

— Por que não canta, "seu" Júlio?

— Estou sem voz, respondeu ele.

Até ali, ele tinha tomado parte no "remo"; e, repinicando as cordas, não deixava de devorar com os olhos os bamboleios de quadris de Clarinha, quando dançava. Vendo que seu pai convidara o rapaz, animou-se a fazê-lo também:

— Why don't you sing, Mr. Júlio? They say you're such a good singer…

And she voiced the word "such" in a soft and smooth fashion. The singer immediately answered:

— Oh, no, ma'am! My friends are just being nice…

And as he slicked back his hair with both hands, Clara said:

— Come on! Sing!

— If you're the one asking me to sing, he said, I'll sing.

Putting up a good front, he took up his guitar, plucked the strings and called out:

— Love and dream.

And he started singing very loudly, almost yelling, only to then drag them down to a lower tone, full of heartbreak and languor, hissing the s's and burring the r's of the horrible metaphors in every verse of that song. But it was all very sincere, and even the outlandish similes conjured wide vistas in the simple minds of his listeners, rousing strong desires, awakening golden yearnings and visions. He finished. The applause was enthusiastic. Only little Clara failed to applaud; having dreamed throughout the song, she was enraptured when it ended.

Days later, walking to her window by chance in the afternoon, it was with no great surprise, as if she already expected him, that Clara was greeted by the wounded singer. She saw nothing wrong in it, so much so that she later told her mother very candidly:

— Mom, do you know who stopped by?

— Who?

— Mr. Júlio.

— Júlio who?

— The one who sang at father's party.

— Por que não canta, "seu" Júlio? Dizem que o senhor canta tão bem...

Esse "tão bem" foi alongado maciamente. O cantador acudiu logo:

— Qual, minha senhora! São bondades dos camaradas...

Consertou a "pastinha" com as duas mãos, enquanto Clara dizia:

— Cante! Vá!

— Já que a senhora manda, disse ele, vou cantar.

Com todo o dengue, agarrou o violão, fez estalar as cordas e anunciou:

— Amor e sonho.

E começou com uma voz muito alta, quase berrando, a modinha, para depois arrastá-la num tom mais baixo, cheio de mágoa e langor, sibilando os "ss", carregando os "rr" das metáforas horrendas de que estava cheia a cantoria. A coisa era, porém, sincera; e mesmo as comparações estrambóticas levantavam nos singelos cérebros das ouvintes largas perspectivas de sonhos, erguiam desejos, despertavam anseios e visões douradas. Acabou. Os aplausos foram entusiásticos e só Clarinha não aplaudiu, porque, tendo sonhado durante toda a modinha, ficara ainda embevecida quando ela acabou...

Dias depois, vindo à janela por acaso – era de tarde – sem grande surpresa, como se já o esperasse, Clara recebeu o cumprimento do cantor magoado. Não pôs malícia na coisa, tanto assim que disse candidamente à mãe:

— Mamãe, sabe quem passou aí?

— Quem?

— "Seu" Júlio.

— Que Júlio?

— Aquele que cantou nos "anos" de papai.

Life at the house after Joaquim's birthday bash went on as before. On Sundays, the games of briscola with Eleutério, the library janitor, and Augusto, the municipal guardsman, accompanied by some little shots of cachaça and then the guitar in the evening. Soon, the affairs would be joined by a new guest: Júlio Costa, the famous suburban singer, Augusto's close friend and singing master.

Júlio almost never had dinner, because he was always invited somewhere around those parts. He took part in the games of briscola, playing in pairs, and drank very little. Though he did not linger into the night, he started getting closer and closer to young Clara, whose large, round, perky breasts he found extraordinarily fascinating, exciting and would awake an insatiable, carnal lust in him. At first, he only flashed her looks; the girl, whose eyes were so large and black there was almost no room for the whole sclera, looked back fearfully and furtively. Then came the whispered lines, the compliments exchanged when no one was looking, until the fateful letter arrived.

She hid it in her breast and read it in bed, by candlelight, thrilled and fearful at the same time. The letter was absolutely fantastic when it comes to spelling and syntax, and it did have one virtue: it had not been copied from some handbook. It was an original. Even so, the message shook Clara's virgin nature, and the reading awakened in her something new and strange, something she had never felt before. She could barely sleep. She did not know quite what to do, whether to reply or to return it. She could see her father's censure, her mother's recriminations. But she had to get married. She could not go through life like that, like a stray dog… Her parents would die one day, she would be helpless… One issue came to mind: he was white, she was a mulatto.

But what about it? There had been so many cases… She

A vida da casa, após a festança de aniversário do Joaquim, continuou a ser a mesma. Nos domingos, aquelas partidas de bisca com o Eleutério, servente da biblioteca, e com o Augusto, guarda municipal, acompanhadas de copitos de cachaça, e o violão, à tarde. Não tardou que se viesse agregar um novo comensal: era o Júlio Costa, o famoso modinheiro suburbano, amigo íntimo do Augusto e seu professor de trovas.

Júlio quase nunca jantava, pois tinha sempre convites em todos os quatro pontos cardeais daquelas paragens. Tomava parte nas partidas de bisca, de parceirada, e pouco bebia. Apesar de não demorar-se pela tarde adentro, pôde ir cercando a rapariga, a Clara, cujos seios empinados, volumosos e redondos fascinavam-lhe extraordinariamente e excitavam a sua gula carnal insaciável. Em começo foram só olhares que a moça, com os seus úmidos olhos negros, grandes, quase cobrindo toda a esclerótica, correspondia a furto e com medo; depois, foram pequenas frases, galanteios, trocados às escondidas, para, afinal, vir a fatídica carta.

Ela a recebeu, meteu-a no seio e, ao deitar-se, leu-a, sob a luz da vela, medrosa e palpitante. A carta era a coisa mais fantástica, no que diz respeito à ortografia e à sintaxe, que se pode imaginar; tinha, porém, uma virtude: não era copiada do Secretário dos amantes, era original. Contudo a missiva fez estremecer toda a natureza virgem de Clara que, com a sua leitura, sentiu haver nela surgido alguma coisa de novo, de estranho, até ali nunca sentida. Dormiu mal. Não sabia bem o que fazer: se responder, se devolver. Viu o olhar severo do pai; as recriminações da mãe. Ela, porém, precisava casar-se. Não havia de ser toda a vida assim como um cão sem dono... Os pais viriam a morrer e ela não podia ficar pelo mundo desamparada... Uma dúvida lhe veio: ele era branco; ela, mulata...

Mas que tinha isso? Tinham-se visto tantos casos...

remembered a few… Why couldn't it be? He spoke so passionately… He panted, he sighed, he cried, and her firm breasts were full to bursting with virginity and an eagerness to love… She decided to reply, and so she did the next day. Costa's visits became longer, his letters more constant. The mother suspected something was going on, and asked her daughter.

— Clara, dear, are you seeing Mr. Júlio?

— Mom! I don't even think about those things…

— Yes, you are! Do you think I can't see it?

The girl started crying; the mother never mentioned it again. As soon as she could, Clara asked Aristides, one of the neighbourhood kids, to bring a letter to the singer telling the story.

Júlio lived in the next station over, and his family's condition was quite superior to his girlfriend's. His father had a regular job at City Hall and was in everything unlike his son. Sombre, grave, serious, he was the grotesque epitome of the good civil servant; he would never admit that his son's girlfriend waltz into his living room. His wife lacked her husband's solemnity, and was rather more relaxed in her manners. She ate with her hands, went about barefoot, and gossiped around the neighbourhood; even so, she held close to her heart the notion of being loftier, of coming from a great family.

In addition to Júlio, they had three daughters, one of whom was already working as clerk at City Hall. The second was training to be a schoolteacher, while the youngest was a student at the Music Institute.

They took after their father in haughtiness and the soft pride in their family, and their ambition was to marry university graduates. Mercedes, Adelaide and Maria Eugênia, as they were called, would never stand to have Clara as their sister-in-law, no matter how much they despised their brother for his bad habits, his guitar, his plebeian gamecocks, and his crass ignorance.

Lembrou-se de alguns... Por que não havia de ser? Ele falava com tanta paixão... Ofegava, suspirava, chorava; e os seus seios duros estouravam de virgindade e de ansiedade de amar... Responderia; e assim fez, no dia seguinte. As visitas de Costa tornaram-se mais demoradas e as cartas mais constantes. A mãe desconfiou e perguntou à filha:

— Você está namorando "seu" Júlio, Clarinha?

— Eu, mamãe! Nem penso nisso...

— Está, sim! Então não vejo?

A menina pôs-se a chorar; a mãe não falou mais nisso; e Clara, logo que pôde, mandou pelo Aristides, um molecote da vizinhança, uma carta ao modinheiro, relatando o fato.

Júlio morava na estação próxima e a situação de sua família era bem superior à da sua namorada. O seu pai tinha um emprego regular na prefeitura e era, em tudo, diferente do filho. Sisudo, grave, sério, ia até a imponência grotesca do bom funcionário; e não seria capaz de admitir que a namorada do filho dançasse na sua sala. Sua mulher não tinha o ar solene do marido, era, porém, relaxada de modos e hábitos. Comia com a mão, andava descalça, catava intrigas e "novidades" da vizinhança; mas tinha, apesar disso, uma pretensão íntima de ser grande coisa, de uma grande família.

Além do Júlio, tinha três filhas, uma das quais já era adjunta municipal; e, das outras duas, uma estava na Escola Normal e a mais moça cursava o Instituto de Música.

Tiravam muito ao pai, no gênio sobranceiro, no orgulho fofo da família; e tinham ambição de casamentos doutorais. Mercedes, Adelaide e Maria Eugênia, eram esses os nomes, não suportariam de nenhuma forma Clara como cunhada, embora desprezassem soberbamente o irmão pelos seus maus costumes, pelo seu violão, pelos seus plebeus galos de briga e pela sua ignorância crassa.

Petite-bourgeois without any great wealth, their father's situation had allowed them to attend the better sort of school, and so would never admit for Clara any fate but that of a housemaid.

But Clara was sweet and kind. Innocent and good, she could be said to be clearly superior in sentiment in comparison to their brother's, and perhaps in education as well, however rudimentary it was; it could not be otherwise, given the hardship of her situation.

Júlio was almost illiterate and lacked enough attention to read the intertitles at the cinematograph. A very stupid man, his mental life was confined to writing slick little ditties, full of the strangest images his erotic imagination, choked on banalities, could invent, always having sexual experiences uppermost in mind.

More than once had he come to blows with the police over cases of deflowering and seduction of a minor.

Since the second time, his father had refused to intervene. Mrs. Inês, his mother, however, after much pleading and crying – in the name of the family's blood purity – had managed to have her husband, Captain Bandeira, ply his influence and prevent his son from marrying a sixteen-year-old black girl whom Júlio had "done wrong."

Though not completely evil, her prejudices combined with the narrowness of her intelligence to prevent her heart from embracing or protecting her unfortunate grandson. Remorseless, she left him loose in the world.

Disappointed in his son, the father had given up on him, and the two barely saw each other. Júlio spent all his time in the basement or at the back of the estate, where he kept gamecocks, which are the most odious, most repugnantly vicious creatures human eyes can ever behold. It was his industry and his trade, the business of gamecocks and cockpits.

Pequeno-burguesas, sem nenhuma fortuna, mas, devido à situação do pai e a terem frequentado escolas de certa importância, elas não admitiriam, para Clara, senão um destino: o de criada de servir.

Entretanto, Clara era doce e meiga; inocente e boa, podia-se dizer que era muito superior ao irmão delas pelo sentimento, ficando talvez acima dele pela instrução, conquanto fosse rudimentar, como não podia deixar de ser, dada a sua condição de rapariga pobríssima.

Júlio era quase analfabeto e não tinha poder de atenção suficiente para ler o entrecho de uma fita de cinematógrafo. Muito estúpido, a sua vida mental se cifrava na composição de modinhas delambidas, recheadas das mais estranhas imagens que a sua imaginação erótica, sufocada pelas conveniências, criava, tendo sempre perante seus olhos o ato sexual.

Mais de uma vez, ele se vira a braços com a polícia por causa de defloramento e seduções de menores.

O pai, desde a segunda, recusara intervir; mas a mãe, dona Inês, a custo de rogos, de choro, de apelo – para a pureza de sangue da família – conseguira que o marido, o capitão Bandeira, procurasse influenciar, a fim de evitar que o filho casasse com uma negrinha de dezesseis anos, a quem o Júlio "tinha feito mal".

Apesar de não ser totalmente má, os seus preconceitos junto à estreiteza da sua inteligência não permitiram ao seu coração que agasalhasse ou protegesse o seu infeliz neto. Sem nenhum remorso, deixou-o por aí, à toa, pelo mundo...

O pai, desgostoso com o filho, largara-o de mão; e quase não se viam. Júlio vivia no porão da casa ou nos fundos da chácara onde tinha gaiolas de galos de briga, o bicho mais hediondo, mais repugnantemente feroz que é dado a olhos humanos ver. Era a sua indústria e o seu comércio, esse negócio de galos e as suas brigas em rinhadeiros.

He negotiated and sold them, he bred chickens and bet on fights, and with the fruits of that labour and whatever coppers his mother gave him, he had enough to live by and dress himself. A perfect example of the layabout, one of thousands living in the suburbs and other neighbourhoods of Rio de Janeiro.

Always afraid his encounters with the police would be repeated, the mother made an effort to keep his love affairs in check. She learned of his latest with Clara and admonished him in the harshest terms. The son listened to her respectfully, without uttering a word, but thought it would be a good idea to write a letter, in his own particular style, telling his girlfriend all about it.

> Darling I confess last night when I got your letter my mom saw it I was so crazy I confessed everything that I loved you and would do horrible things for you, they were all against me that's why I'm telling you not to mind what they say, so please appreciate my pain.
>
> Think about it, I wanna know if you've made up your mind to do what I asked in my last letter.
>
> I think about you a lot every day, I adore you so much but I know you don't love me back.
>
> Yours, Júlio.

Clara had grown accustomed to her boyfriend's style and spelling. She could write much better than him, but was not well-educated enough to look down on such an illiterate rake. Even worse, her fascination for the singer and her obsession with marriage impaired whatever critical capacity she might have. The letter had the intended effect. Crying, palpitations, vague anxieties, foggy hopes, visions of magic, unknown vistas – this and much more had the letter brought

Barganhava-os, vendia-os, chocava as galinhas, apostava nas rinhas; e com o resultado disso e com alguns cobres que a mãe lhe dava, vivia e obtinha dinheiro para vestir-se. Era o tipo completo do vagabundo doméstico, como há milhares nos subúrbios e em outros bairros do Rio de Janeiro.

A mãe, sempre temendo que se repetissem os seus ajustes de contas com a polícia, esforçava-se sempre por estar ao corrente dos seus amores. Veio a saber do seu último com a Clara e repreendeu-o nos termos mais desabridos. Ouviu-a o filho respeitosamente, sem dizer uma palavra; mas, julgou da boa política relatar, a seu modo, por carta, tudo à namorada. Assim escreveu:

> Queridinha confesso-te que ontem quando recebi a tua carta minha mãe viu e fiquei tão louco que confessei tudo a mamãe que lhe amava muito e fazia por você as maiores violências, ficaram todos contra mim é a razão porque previnote que não ligues ao que lhe disserem, por isso peço-te que preze bem o meu sofrimento.
>
> Pense bem e veja se estás resolvida a fazer o que lhe pedi na última cartinha.
>
> Saudades e mais saudades deste infeliz que tanto lhe adora e não é correspondido. O teu Júlio.

Clara já estava habituada com a redação e ortografia do seu namorado, mas, apesar de escrever muito melhor, a sua instrução era insuficiente para desprezar um galanteador tão analfabeto. Ainda por cima, a sua fascinação pelo modinheiro e a sua obsessão pelo casamento lhe tiravam toda a capacidade crítica que pudesse ter. A carta produziu o efeito esperado por Júlio. Choro, palpitações, anseios vagos, esperanças nevoentas, vislumbres de céus desconhecidos e encantados – tudo isso aquela carta lhe trouxe, além do halo de dedicação e amor

over, as the halo of dedication and love for her, in Clara's own imagination, radiated from Júlio plastered locks. A few days later, as promised, she left her bedroom window open for him. She repeated the deed almost every night from then on, though he never lingered much.

On Sundays, he came and sang, and it looked like there was nothing between them. One fine day, Clara felt something odd in her belly. She told her boyfriend. Oh, please! It was nothing, he said.

But it was something: a child. She cried, he calmed her down, promising to marry her. And her belly just grew and grew...

The singer didn't come quite as often, and his attendance eventually came to a halt. Clara wept. No one had noticed her pregnancy yet.

But the intimate bond between mother and daughter made the older woman suspicious, and she made her daughter confess. Clara could not hide it, she told her everything, and those two humble women embraced and cried, faced with the inevitable. But the daughter had an idea.

— Mother, before telling father, please let me go to his home so I can talk to his mother.

The old woman thought for a moment and agreed.

— Go!, she replied.

Clara got dressed in a hurry and left. She was received with utter disdain by one of the daughters and said she wanted to talk to Júlio's mother. The lady greeted her harshly, but the young woman collected all her courage and, with unbelievable sangfroid, confessed everything, her wrong and her misfortune.

— And what do you want me to do about it?

— I want him to marry me, Clara blurted out.

— That's rich! Look at yourself! Can't you see my son's too good to marry someone of your ilk! He didn't tie you down,

por ela com que Clara fez resplandecer, na imaginação, as pastinhas do violeiro. Daí a dias, fez o prometido, isto é, deixou a janela do quarto aberta para que ele entrasse no aposento. Repetiu a façanha quase todas as noites seguidas, sem que ele se demorasse muito no quarto.

Nos domingos, aparecia, cantava e semelhava que entre ambos não havia nada. Um belo dia, Clara sentiu alguma coisa de estranho no ventre. Comunicou ao namorado. Qual! Não era nada, disse ele.

Era, sim; era o filho. Ela chorou, ele acalmou-a, prometendo casamento. O ventre crescia, crescia...

O cantador de modinhas foi fugindo, deixou de aparecer a miúdo; e Clara chorava. Ainda não lhe tinham percebido a gravidez.

A mãe, porém, com auxílio de certas intimidades próprias de mãe para filha, desconfiou e pô-la em confissão. Clara não pôde esconder, disse tudo; e aquelas duas humildes mulheres choraram abraçadas diante do irremediável... A filha teve uma ideia:

— Mamãe, antes da senhora dizer a papai, deixa-me ir até à casa dele, para falar com a sua mãe?

A velha meditou e aceitou o alvitre:

— Vai!

Clara vestiu-se rapidamente e foi. Recebida com altaneria por uma das filhas, disse que queria falar à mãe de Júlio. Recebeu-a esta rispidamente; mas a rapariga, com toda a coragem e com sangue-frio difícil de crer, confessou-lhe tudo, o seu erro e a sua desdita.

— Mas o que é que você quer que eu faça?

— Que ele se case comigo, fez Clara num só hausto.

— Ora, esta! Você não se enxerga! Você não vê mesmo que meu filho não é para se casar com gente da laia de você!

he didn't gag you... Go away, you floozy!

The gall! Go!

Clara left without saying a word, holding back her tears so no one out on the street could discover her shame. Was that it? She couldn't marry that titleless, good-for-nothing loafer? A man without a single redeeming quality? Why was that?

She saw clearly her condition in society, her permanent state of inferiority, her inability to aspire to the simplest things every young woman aspires to. Why had her parents shielded her so? It was useless, counterproductive even, since it prevented her from knowing just what her condition was, what the limits were for her sentimental aspirations... She hurried back home, arriving before her father.

She ran to her mother. She didn't tell her anything, just embraced her, in tears.

The mother cried too.

— Mother, Clara sobbed after the tears subsided, I'm nothing in this life.

Ele não amarrou você, ele não amordaçou você... Vá-se embora, rapariga!

Ora já se viu! Vá!

Clara saiu sem dizer nada, reprimindo as lágrimas, para que na rua não lhe descobrissem a vergonha. Então, ela? Então ela não se podia casar com aquele calaceiro, sem nenhum título, sem nenhuma qualidade superior? Por quê?

Viu bem a sua condição na sociedade, o seu estado de inferioridade permanente, sem poder aspirar à coisa mais simples a que todas as moças aspiram. Para que seriam aqueles cuidados todos de seus pais? Foram inúteis e contraproducentes, pois evitaram que ela conhecesse bem justamente a sua condição e os limites das suas aspirações sentimentais... Voltou para casa depressa. Chegou; o pai ainda não viera.

Foi ao encontro da mãe. Não lhe disse nada; abraçou-a chorando.

A mãe também chorou e, quando Clara parou de chorar, entre soluços, disse:

— Mamãe, eu não sou nada nesta vida.

HIS EXCELLENCY

SUA EXCELÊNCIA

The minister left the embassy ball and immediately climbed aboard his car. He had been dreaming of that moment for two hours. He yearned to be alone with his thoughts, weighing the words he had spoken, recalling the stances and wide eyes of those around him. That is why he rushed into the coupe, not caring to check if it was indeed his vehicle. He got in blindly, overwhelmed by complicated feelings of pride, power, value, vanity.

He was a wellspring of certainty. He was sure of his inherent value, sure of his extraordinary and exceptional qualities. The respectful attitude and universal deference of everyone that surrounded him were not more, not less than a sign of the widely-held belief that he was the apex of the country, the embodiment of its aspirations. They saw in him the anguished complaints of the humble and the breathtaking desires of the rich. The so-called universal law had rightly lifted him to his current position, and would lift him further, since he, and only himself, could help the country reach the heights his past required...

O ministro saiu do baile da Embaixada, embarcando logo no carro. Desde duas horas estivera a sonhar com aquele momento. Ansiava estar só, só com o seu pensamento, pesando bem as palavras que proferira, relembrando as atitudes e os pasmos olhares dos circunstantes. Por isso entrara no coupé depressa, sôfrego, sem mesmo reparar se, de fato, era o seu. Vinha cegamente, tangido por sentimentos complexos: orgulho, força, valor, vaidade.

Todo ele era um poço de certeza. Estava certo do seu valor intrínseco; estava certo das suas qualidades extraordinárias e excepcionais. A respeitosa atitude de todos e a deferência universal que o cercava eram nada mais, nada menos, que o sinal da convicção geral de ser ele o resumo do país, a encarnação dos seus anseios. Nele viram os doridos queixumes dos humildes e os espetaculosos desejos dos ricos. As obscuras determinações das coisas, acertadamente, haviam-no erguido até ali, e mais alto levá-lo-iam, visto que só ele, ele só e unicamente, seria capaz de fazer o país chegar aos destinos que os antecedentes dele impunham...

And he smiled when that sentence ran past his eyes, entirely printed out in type, in a book or some newspaper. He remembered his speech from a moment before.

"In the lives of societies, as in that of individuals..."

How wonderful! There was something philosophical about it, something transcendent. And how well had that other passage worked? He could remember it in full:

"Aristotle, Bacon, Descartes, Spinosa, and Spencer, as well as Solon, Justinian, Portalis and Ihering, all philosophers, all lawmakers state that laws should be founded on customs..."

Their eyes, bright and in awe – the eyes of the opposition leader – there was no greater assurance of the effect of that sentence...

And when he finished it! Oh!

"Sir, this a time of great reforms; let us join in: let us reform!"

The ceremonial could barely contain the excitement of the attendees when that final line was heard.

The auditorium was delirious. The applause reverberated, and under the bright lights of that hall, it felt like the whole Earth was clapping their hands.

The car was flying. The long row of streetlights became a single line of fire, then disappeared.

The vehicle now dashed vertiginously into shimmering fog. His august eyes bulged and strained just in vain, for there were no shapes, there were no forms to be discerned.

He checked his watch. Had it stopped? No, but it still pointed to the same hour and minute when he exited the ball.

— Driver, where are we going?

He tried to lower the windows, but he couldn't. They burned.

E ele sorriu, quando essa frase lhe passou pelos olhos, totalmente escrita em caracteres de imprensa, em um livro ou em um jornal qualquer. Lembrou-se do seu discurso de ainda agora:

"Na vida das sociedades como na dos indivíduos..."

Que maravilha! Tinha algo de filosófico, de transcendente. E o sucesso daquele trecho? Recordou-se dele por inteiro:

"Aristóteles, Bacon, Descartes, Espinosa e Spencer, como Sólon, Justiniano, Portalis e Ihering, todos os filósofos, todos os juristas afirmam que as leis devem se basear nos costumes..."

O olhar, muito brilhante, cheio de admiração – o olhar do leader da oposição – foi o mais seguro penhor do efeito da frase...

E quando terminou! Oh!

"Senhor, o nosso tempo é de grandes reformas; estejamos com ele; reformemos!"

A cerimônia mal conteve, nos circunstantes, o entusiasmo com que esse final foi recebido.

O auditório delirou. As palmas estrugiram; e, dentro do grande salão iluminado, pareceu-lhe que recebia as palmas da Terra toda.

O carro continuava a voar. As luzes da rua extensa apareciam como um só traço de fogo; depois, sumiram-se.

O veículo agora corria vertiginosamente dentro de uma névoa fosforescente. Era em vão que seus augustos olhos se abriam desmedidamente; não havia contornos, formas, onde eles pousassem.

Consultou o relógio. Estava parado? Não; mas marcava a mesma hora e o mesmo minuto da saída da festa.

— Cocheiro, onde vamos?

Quis arriar as vidraças. Não pôde; queimavam.

He redoubled his efforts, and finally managed to lower the front windows and he yelled at the driver:

— Where are we going? Where are you taking me, goddammit?

Though some windows had been lowered, it was as hot as a forge inside the car. When the image came to him, he felt the magnificent great crosses on his chest. Thankfully, they hadn't melted yet. The Burmese lion, the Chinese dragon and the Indian lingam were there, among others, all intact.

— Driver, where are you taking me?

It wasn't the same driver, it wasn't his driver. The man with a hook nose, sporting a goatee on his long chin, that man wasn't his faithful Manoel.

— Stop, you crook! Stop it, stop or it'll cost you dearly!

The car was flying, and the minister kept roaring.

— Miscreant! Traitor! Stop! Stop!

At one time, he turned to the driver, but the darkness had little by little become almost complete, and he could only make out the motorist's eyes, with their metallic gleam, sharp and scornful. He seemed to laugh.

The heat kept increasing. Sparks flew from the side of the car. Unable to stand the heat, he undressed. First, he removed the livery jacket, trimmed with heavy gallons, then the rapier, the vest, the trousers...

Suffocating, dizzy, he believed himself still living, but that his arms and legs, his chest and his head were all dancing apart from one another.

He fainted and, the next thing he knew, he saw himself dressed in shabby livery and a grotesque top hat, dozing by the doors of the palace where he had been not long ago, from where he had left in triumph minutes before.

Redobrou os esforços, conseguindo arriar as da frente. Gritou ao cocheiro:

— Onde vamos? Miserável, onde me levas?

Apesar de ter o carro algumas vidraças arriadas, no seu interior fazia um calor de forja. Quando lhe veio esta imagem, apalpou bem, no peito, as grã-cruzes magníficas. Graças a Deus, ainda não se haviam derretido. O leão da Birmânia, o dragão da China, o lingão da Índia estavam ali, entre todas as outras, intactas.

— Cocheiro, onde me levas?

Não era o mesmo cocheiro, não era o seu. Aquele homem de nariz adunco, queixo longo com uma barbicha, não era o seu fiel Manoel.

— Canalha para, para, senão caro me pagarás!

O carro voava e o ministro continuava a vociferar:

— Miserável! Traidor! Para! Para!

Em uma dessas vezes voltou-se o cocheiro; mas a escuridão que se ia, aos poucos, fazendo quase perfeita, só lhe permitiu ver os olhos do guia da carruagem, a brilhar de um brilho brejeiro, metálico e cortante. Pareceu-lhe que estava a rir-se.

O calor aumentava. Pelos cantos o carro chispava. Não podendo suportar o calor, despiu-se. Tirou a agaloada casaca, depois o espadim, o colete, as calças...

Sufocado, estonteado, parecia-lhe que continuava com vida, mas que suas pernas e seus braços, seu tronco e sua cabeça dançavam, separados.

Desmaiou; e, ao recuperar os sentidos, viu-se vestido com uma reles libré e uma grotesca cartola, cochilando à porta do palácio em que estivera ainda há pouco e de onde saíra triunfalmente, não havia minutos.

A coupe was parked nearby.

He wanted to check his surroundings, but there was no time.

Down the marble steps, looking solemn and dignified, a man (or so it seemed to him) came in wearing the jacket he had removed, bearing the same magnificent grand crosses on his chest.

As soon as that figure placed his foot on the threshold, he bounded toward him.

— Should I call for the car, Your Excellency?, he asked obsequiously, as if he had never done otherwise.

Nas proximidades um coupé estacionava.

Quis verificar bem as coisas circundantes; mas não houve tempo.

Pelas escadas de mármore, gravemente, solenemente, um homem (pareceu-lhe isso) descia os degraus envolvido no fardão que despira, tendo no peito as mesmas magníficas grã-cruzes.

Logo que o personagem pisou na soleira, de um só ímpeto aproximou-se e, abjetamente, como se até ali não tivesse feito outra coisa, indagou:

— V. Ex.ª quer o carro?

only ASSASSINATION

CAZUZA

o único ASSASSINATO de

Hildegardo Brandão, also known as Cazuza, had grown dispirited as he entered his fifties, but not desperate. After severe bouts of desperation, animosity and resentment in the face of the many injustices he had been subject to in every noble thing he had ever attempted, he had come to know the saintly beatitude and the serenity of a man who braces himself for death.

He had tried everything, and had just about failed at everything. He had tried to get a degree, and failed; had tried the civil service, and was beaten by colleagues inferior to him in all aspects, even in bureaucratic drudgery; had tried literature and, if not wholly failed, it was only for the mantle of boldness with which he had covered himself, the boldness of one who has burned his ships. Even so, he was belittled at every turn. Sometimes they thought of him as inferior to any other man because he lacked a morocco leather briefcase; at others, he was held lower than a certain anthologist because, while assigned to the Brazilian Consulate in Paris, his competition had been gifted a rattan walking stick from the king of Siam. For

Hildegardo Brandão, conhecido familiarmente por "Cazuza", tinha chegado aos seus cinquenta anos e poucos, desesperançado; mas não desesperado. Depois de violentas crises de desespero, rancor e despeito, diante das injustiças que tinha sofrido em todas as coisas nobres que tentara na vida, viera-lhe uma beatitude de santo e uma calma grave de quem se prepara para a morte.

Tudo tentara e em tudo mais ou menos falhara. Tentara formar-se, foi reprovado; tentara o funcionalismo, foi sempre preterido por colegas inferiores em tudo a ele, mesmo no burocracismo; fizera literatura e se, de todo, não falhou, foi devido à audácia de que se revestiu, audácia de quem "queimou os seus navios". Assim mesmo, todas as picuinhas lhe eram feitas. Às vezes, julgavam-no inferior a certo outro, porque não tinha pasta de marroquim; outras vezes tinham-no por inferior a determinado "antologista", porque semelhante autor havia, quando "encostado" ao consulado do Brasil, em Paris, recebido como presente do rei do Sião uma bengala de legítimo junco-da-índia. Por essas e outras, ele se aborreceu

these and other snubs, he grew annoyed and decided to retreat from the struggle. On a small income, he retired to a simple home in a distant suburb, and there he sank in, at the age of forty-five, never to see the world again, like Jules Verne's hero in his Nautilus. He bought his last books and never again did he return to downtown Rio and the Ouvidor Street. Not once did he regret his independence and his intellectual honesty.

At fifty-three, he had no more relatives around himself. He lived alone, so to speak, accompanied only by an old Negro couple he supported and to whom he even gave some money every month.

His life during the week ran as follows: in the morning he had breakfast and went to the emporium which supplied his home, where he read the papers, not forgetting to pour himself, with moderation, some glasses of parati, which he had unfortunately abused in your youth days. He would then go home, have lunch and read his books, having amassed a small library of over a thousand volumes. When he grew tired, he slept. After supper, if the weather agreed, he would go for a stroll, wandering so silent and lost in his thoughts, he wouldn't even disturb any valentines he might chance upon.

On Sundays, however, this routine was broken. He would pay someone a visit, just one and always the same. This other unfortunate friend of his was a talented physician, a man of real skill, who had never been acknowledged because, as a writer, he tended to split infinitives and end sentences with prepositions, among other sins.

They had been colleagues in preparatory school and, being very close, had no need to confide in one another. They were able to read each other's eyes.

On Sundays, as we have been told, Hildegardo used to go to his friend's house, who lived nearby. He went early in the morning, soon after breakfast, and there he read the papers and took part in the family's dinner.

e resolveu retirar-se da liça. Com alguma renda, tendo uma pequena casa, num subúrbio afastado, afundou-se nela, aos quarenta e cinco anos, para nunca mais ver o mundo, como o herói de Júlio Verne, no seu "Náutilus". Comprou os seus últimos livros e nunca mais apareceu na rua do Ouvidor. Não se arrependeu nunca de sua independência e da sua honestidade intelectual.

Aos cinquenta e três anos, não tinha mais um parente próximo junto de si. Vivia, por assim dizer, só, tendo somente a seu lado um casal de pretos velhos, aos quais ele sustentava e dava, ainda por cima, algum dinheiro mensalmente.

A sua vida, nos dias de semana, decorria assim: pela manhã, tomava café e ia até a venda, que supria a sua casa, ler os jornais, sem deixar de servir-se, com moderação, de alguns cálices de parati, de que infelizmente abusara na mocidade. Voltava para a casa, almoçava e lia os seus livros, porque acumulara uma pequena biblioteca de mais de mil volumes. Quando se cansava, dormia. Jantava e, se fazia bom tempo, passeava a esmo pelos arredores, tão alheio e soturno que não perturbava nem um namoro que viesse a topar.

Aos domingos, porém, esse seu viver se quebrava. Fazia uma visita, uma única e sempre a mesma. Era também a um desalentado amigo seu. Médico, de real capacidade, nunca o quiseram reconhecer porque escrevia "propositalmente" e não — "propositadamente", "de súbito" e não — "às súbitas" etc. etc.

Tinham sido colegas de preparatórios e, muito íntimos, dispensavam-se de usar confidências mútuas. Um entendia o outro, somente pelo olhar.

Pelos domingos, como já foi dito, era costume de Hildegardo ir, logo pela manhã, após o café, à casa do amigo, que ficava próximo, ler lá os jornais e tomar parte no "ajantarado", da família.

That Sunday, Cazuza, as he was called, visited with his friend, Dr. Ponciano.

The doctor bought certain newspapers; Hildegardo, others. The doctor sat on a rocking chair; and his friend on a deckchair, also called a canvas chair. In between the seats, there was a desk. The room was vast and well-lit, with anatomy charts adorning every wall. They read and then talked. That Sunday wasn't any different.

After reading the dailies, Hildegardo said:

— I don't know how one can live in the Brazilian countryside.

— Why is that?"

— People kill each other at the drop of a hat. Passions, vile political passions, excite them so much that factions are unafraid of eliminating their adversaries through murder, sometimes with utmost cruelty. Dominance over local politics is the sole end of these crimes, that is, when they're not family matters, inheritances, land, even minor issues. Hardly ever do I read the papers and I am not terrified by this news. It's not just here and there, it's all over Brazil, even right next to Rio de Janeiro. It's appalling! In addition to these murders committed by goons – what a horrible word! – there are those committed by police officers and the likes of them, against the adversaries of local governments, both real and imagined adversaries. A whisper is enough to summon a detachment, ransack farms, mow down crops, rustle cattle, jail or beat up people who, for their work, should have earned their respect. When I read the news, I think to myself that the fortunes of those in Congress and the Senate, in the ministries and even the presidency of this Republic, are founded on crime, on murder. What do you think?

— Things aren't so different here from the countryside. They say that if you never sent another mortal to the other side, you have never had a political career in Rio de Janeiro.

Naquele domingo, o Cazuza, para os íntimos, foi fazer a visita habitual a seu amigo dr. Ponciano.

Este comprava certos jornais; e Hildegardo, outros. O médico sentava-se a uma cadeira de balanço; e o seu amigo numa dessas a que chamam de bordo ou de lona. De permeio, ficava-lhes a secretária. A sala era vasta e clara e toda ela adornada de quadros anatômicos. Liam e depois conversavam. Assim fizeram, naquele domingo.

Hildegardo disse, ao fim da leitura dos quotidianos:

— Não sei como se pode viver no interior do Brasil!

— Por quê?

— Mata-se à toa por dá cá aquela palha. As paixões, mesquinhas paixões políticas, exaltam os ânimos de tal modo, que uma facção não teme eliminar o adversário e por meio do assassinato, às vezes o revestindo da forma mais cruel. O predomínio, a chefia da política local é o único fim visado nesses homicídios, quando não são as questões de família, de herança, de terras e, às vezes, causas menores. Não leio os jornais que não me apavore com tais notícias. Não é aqui, nem ali; é em todo o Brasil, mesmo às portas do Rio de Janeiro. É um horror! Além desses assassinatos, praticados por capangas – que nome horrível! – há os praticados pelos policiais e semelhantes nas pessoas dos adversários dos governos locais, adversários ou tidos como adversários. Basta um boquejo, para chegar uma escolta, varejar fazendas, talar plantações, arrebanhar gado, encarcerar ou surrar gente que, pelo seu trabalho, devia merecer mais respeito. Penso, de mim para mim, ao ler tais notícias, que a fortuna dessa gente que está na Câmara, no Senado, nos Ministérios, até na presidência da República se alicerça no crime, no assassinato. Que acha você?

— Aqui, a diferença não é tão grande para o interior nesse ponto. Já houve quem dissesse que, quem não mandou um mortal deste para o outro mundo, não faz carreira na política do Rio de Janeiro.

— True. But here, at least, those with a delicate nature can abstain from politics; there, that isn't so. Relations come around with requests and you join in. The narrowness of the environment imposes it, just a small service to a friend, an insignificant favour. Things are going well, but then, one beautiful morning, that fellow, for one reason or another, breaks with his old boss, and you, out of loyalty, follow him. Now you are at risk of being stabbed at the polls or beaten to death like a rabid dog. And I wanted to live in the country! Good God, a narrow escape indeed!

— I told you this idea of peace and quiet in the country is just a tall tale. I still practiced in the country when I noticed this affectation, this pride at being a bully the bumpkins enjoy putting on, which more often than not is the cause of such stupid murders. I couldn't tell you how many cases of this ostentation of murder I have heard, so common in the country, but it isn't worth it. There is no value in it, other than to specialists in criminology.

— I think – observed Hildegardo – that this exodus of population from the countryside to the city can in part be attributed to the lack of security in the fields. In those places, every plain officer is a Caesar, just imagine what a sheriff or deputy can do. It's horrible!

They grew quiet and smoked in silence. Both thought about the same thing, finding a remedy for such a deplorable state. Barely having finished his smoke, Ponciano said despondently:

— It can't be remedied.

Hildegardo agreed.

— I'll second that.

They remained in silence for a few moments. Hildegardo read a newspaper before addressing his friend again.

— God help me, but I'm more afraid of killing than dying.

— É verdade; mas, aqui, ao menos, as naturezas delicadas se podem abster de política; mas, no interior, não. Vêm as relações, os pedidos e você se alista. A estreiteza do meio impõe isso, esse obséquio a um camarada, favor que parece insignificante. As coisas vão bem; mas, num belo dia, esse camarada, por isso ou por aquilo, rompe com o seu antigo chefe. Você, por lealdade, o segue; e eis você arriscado a levar uma estocada em uma das virilhas ou a ser assassinado a pauladas como um cão danado. E eu quis ir viver no interior! De que me livrei, santo Deus!

— Eu já tinha dito a você que esse negócio de paz na vida da roça é história. Quando cliniquei, no interior, já havia observado esse prurido, essa ostentação de valentia de que os caipiras gostam de fazer e que, as mais das vezes, é causa de assassinatos estúpidos. Poderia contar a você muitos casos dessa ostentação de assassinato, que parte da gente da roça; mas não vale a pena. É coisa sem valia e só pode interessar a especialistas em estudos de criminologia.

— Penso – observou Hildegardo – que esse êxodo da população dos campos para as cidades pode ser em parte atribuído à falta de segurança que existe na roça. Um qualquer cabo de destacamento é um César naquelas paragens – que fará então um delegado ou subdelegado? É um horror!

Os dois calaram-se e, silenciosos, se puseram a fumar. Ambos pensavam numa mesma coisa: em encontrar remédio para um tão deplorável estado de coisas. Mal acabavam de fumar, Ponciano disse desalentado:

— E não há remédio.

Hildegardo secundou-o.

— Não acho nenhum.

Continuaram calados alguns instantes, Hildegardo leu ainda um jornal e, dirigindo-se ao amigo, disse:

— Deus não me castigue, mas eu temo mais matar do que

I can't understand how politicians can walk around contented when the road of their ascent is lined with crosses. If perhaps I ever killed, please believe that I, who am not immune to fancying myself a Raskolnikov, would feel like he did, and my relations with humanity would be strikingly different from then on. Having committed an assassination, no punishment whatsoever could wipe away such remorse for my conscience. What do you think?

— Me too. Do you know what they say, these politicians who rise high with dozens of murders on their backs?

— No.

— That we all kill.

Hildegardo smiled and in all serenity he nodded to his friend.

— I agree, I've killed too.

The doctor was amazed and so replayed.

— You, Cazuza!

— Yes me! — Cazuza confirmed.

— What gives? You have just said…

— I will tell you the whole story. I was seven and mother was still alive. You know I hardly knew my mother."

— I do.

— I only remember her in the coffin, when my weeping father held me up to spray holy water over her body. She was sorely missed my whole life. I might have been less rebellious, less gloomy and suspicious, happier with my life, had she lived. She left me when I was still a young boy, and so my character grew strong quite soon; however, equally soon I lost the capacity to enjoy life and trust others, I retreated into my own shell and learned to wallow in my own grief, without ever confiding them to others, which is always a relief. Much earlier than usual, I came to know apathy, spiritlessness, even some misanthropy.

morrer. Não posso compreender como esses políticos, que andam por aí, vivam satisfeitos, quando a estrada de sua ascensão é marcada por cruzes. Se porventura matasse creia que eu, a que não tem deixado passar pela cabeça sonhos de Raskólnikoff, sentiria como ele: as minhas relações com a humanidade seriam de todo outras, daí em diante. Não haveria castigo que me tirasse semelhante remorso da consciência, fosse de que modo fosse perpetrado o assassinato. Que acha você?

— Eu também; mas você sabe o que dizem esses políticos que sobem às alturas com dezenas de assassinatos nas costas?

— Não.

— Que todos nos matamos.

Hildegardo sorriu e fez para o amigo com toda a serenidade:

— Estou de acordo. Já matei também.

O médico espantou-se e exclamou:

— Você, Cazuza!

— Sim, eu! — confirmou Cazuza.

— Como? Se você ainda agora mesmo...

— Eu conto a coisa a você. Tinha eu sete anos e minha mãe ainda vivia. Sabe que, a bem dizer, não conheci minha mãe!

— Sei.

— Só me lembro dela no caixão quando meu pai, chorando, me carregou para aspergir água benta sobre o seu cadáver. Durante toda a minha vida, fez muita falta. Talvez fosse menos rebelde, menos sombrio e desconfiado, mais contente com a vida, se ela vivesse. Deixando-me ainda na primeira infância, bem cedo firmou-se o meu caráter; mas, em contrapeso, bem cedo me vieram o desgosto de viver, o retraimento, por desconfiar de todos, a capacidade de ruminar mágoas sem comunicá-las a ninguém – o que é um alívio sempre; enfim, muito antes do que era natural, chegaram-me o tédio, o cansaço da vida e uma certa misantropia.

His friend noticed Cazuza spoke those words with strong emotion and tears in his eyes, so he interrupted his painful confession with a smile:

— Come on now, Cazuza, tell me about the murder you committed.

Hildegardo or Cazuza pulled himself together and started narrating.

— I was seven and mother still lived. We lived in Paula Matos[27]... I never climbed that hill again after she died...

— Tell the whole story, man! — Dr. Ponciano said impatiently.

— Out front, the house was level with the street, but in the back, due to the level difference, it was so steep so that in order to go to the backyard we had to go down a wooden staircase of nearly two dozen steps. Once, walking down the stairs, I was so distracted that the moment I stepped onto the yard, my bare foot caught a little chick and crushed it. I rushed up the stairs, crying and sobbing and shouting: "Mummy, mummy! I killed it, I killed it..." My sobbing prevented me from speaking, and so I could not finish the sentence. Mother came to me, asking, "What is it, baby? Who did you kill?". Finally, I said, "I killed a chick, I stepped on it." And I told her how it had happened. My mother chuckled, gave me some flower water and told me to sit in a corner: "Sit, Cazuza, and wait there for the police." And I sat quietly in the corner, shaking at the slightest noise from the street, actually waiting for the police. That is the only assassination I have ever committed. I think it's not the sort that lifts us to high political office, because I still haven't...

Mrs. Margarida, Dr. Ponciano's wife, came in to interrupt their conversation and inform them that late afternoon meal was served.

27 Morro Paula Matos, a hill next to the Santa Teresa neighbourhood of Rio de Janeiro.

Notando o amigo que Cazuza dizia essas palavras com emoção muito forte e os olhos úmidos, cortou-lhe a confissão dolorosa com um apelo alegre:

— Vamos, Carleto; conta o assassinato que perpetrou.

Hildegardo ou Cazuza conteve-se e então começou a narrar:

— Eu tinha sete anos e minha mãe ainda vivia. Morávamos em Paula Matos[27]... Nunca mais subi a esse morro, depois da morte de minha mãe...

— Conte a história, homem! — fez impaciente o dr. Ponciano.

— A casa, na frente, não se erguia, em nada, da rua; mas, para o fundo, devido à diferença de nível, elevava-se um pouco, de modo que, para se ir ao quintal, a gente tinha que descer uma escada de madeira de quase duas dezenas de degraus. Um dia, descendo a escada, distraído, no momento em que punha o pé no chão do quintal, o meu pé descalço apanhou um pinto e eu o esmaguei. Subi espavorido a escada, chorando, soluçando e gritando: "Mamãe, mamãe! Matei, matei...". Os soluços me tomavam a fala e eu não podia acabar a frase. Minha mãe acudiu, perguntando: "O que é, meu filho! Quem é que você matou?". Afinal, pude dizer: "Matei um pinto, com o pé". E contei como o caso se havia passado. Minha mãe riu-se, deu-me um pouco de água de flor e mandou-me sentar a um canto: "Cazuza, senta-te ali, à espera da polícia". E eu fiquei muito sossegado a um canto, estremecendo ao menor ruído que vinha da rua, pois esperava de fato a polícia. Foi esse o único assassinato que cometi. Penso que não é da natureza daqueles que nos erguem às altas posições políticas, porque, até hoje, eu...

D. Margarida, mulher do dr. Ponciano, veio interromper-lhes a conversa, avisando-os que o "ajantarado" estava na mesa.

27 Morro Paula Matos, localizado na vizinhança do bairro de Santa Teresa, no Rio de Janeiro.

o PECADO * the SIN

When Saint Peter woke up that day, he woke up smiling and in a good mood. And, having finished his daily ablutions, he headed to his appointed celestial department to pick up the Supreme Being's order and learn about the next batch of souls.

A large open book was lying on a long, wide and low table. Immersed in it, wholly dedicated to the work, a book-keeper wrote up the new souls, according to the deaths brought from the four corners of the Earth by the messenger angels. Thick letters dripped from the heavenly clerk's pen, which he switched from time to time to better chisel out some new character.

On and on, so he filled out the pages, adorned and illuminated with the most precious writing. Each one had a reason to be employed, and their interplay was so fortuitous that each written page in that book was a joy to behold. The names were in bastard script, a bold and wide form of writing; the ancestry came in Gothic, with its ancient and religious airs; and finally, the faults were in bastard again, while qualities were in an arabesque ronde.

Quando naquele dia são Pedro despertou, despertou risonho e de bom humor. E, terminados os cuidados higiênicos da manhã, foi à competente repartição celestial buscar ordens do Supremo e saber que almas chegariam na próxima leva.

Em uma mesa longa, larga e baixa, um grande livro aberto se estendia e debruçado sobre ele, todo entregue ao serviço, um guarda-livros punha em dia a escrituração das almas, de acordo com as mortes que anjos mensageiros e noticiosos traziam de toda a extensão da terra. Da pena do empregado celeste escorriam grossas letras, e de quando em quando ele mudava a caneta para melhor talhar um outro caractere caligráfico.

Assim, páginas ia ele enchendo, enfeitadas, iluminadas nos mais preciosos tipos de letras. Havia, no emprego de cada um deles, uma certa razão de ser e entre si guardavam tão feliz disposição que encantava o ver uma página escrita do livro. O nome era escrito em bastardo, letra forte e larga; a filiação, em gótico, tinha um ar religioso, antigo, as faltas, em bastardo e as qualidades em ronde arabescado.

When Saint Peter came in, the All-Father's clerk turned and hailed him. When the saint asked for the list of souls, he replied with some annoyance (typical of his position) to come back that afternoon.

In the twilight, having finished the writing, the celestial functionary (a hoary old Jesuit from the South American sugar trade) handed a detailed list and give it to Saint Peter, who wanted to fully prepare to receive the formerly alive the next day.

This time, unlike every other occasion, Saint Peter read the list before exiting. It was a serendipitous decision, because if he hadn't, from then on and for all eternity – who knows? Heaven might have been ruined. Saint Peter read the list: there were many souls, many souls indeed, and one of the explanations appended to the list left him awestruck. He read it over again:

> P. L. C., son of... grandson of... great-grandson of... — Porter. Age 48 years-old. Married. Chaste. Honest. Charitable. Loyal. Poor in spirit. Uneducated. As good as Saint Francis of Assisi. As virtuous as Saint Bernard. As gentle as Christ Himself. One of the righteous.

Indeed, the Holy Gatekeeper thought, this is an exceptional soul. With so many extraordinary qualities, he deserved to sit at the All-Father's right hand and there remain, "per saecula saeculorum", basking in the eternal glory earned by one who was a saint many times over...

"And why shouldn't he?," he wanted to ask the seraphic bureaucrat.

— I don't know – he replied. – You know how it is – he added. – I've got orders...

Ao entrar são Pedro, o escriturário do Eterno, voltou-se, saudou-o e, à reclamação da lista d'almas pelo santo, ele respondeu com algum enfado (enfado do ofício) que viesse à tarde buscá-la.

Aí pela tardinha, ao findar a escrita, o funcionário celeste (um velho jesuíta encanecido no tráfico de açúcar da América do Sul) tirava uma lista explicativa e entregava a são Pedro, a fim deste se preparar convenientemente para receber os ex-vivos no dia seguinte.

Dessa vez, ao contrário de todo o sempre, são Pedro, antes de sair, leu de antemão a lista; e essa sua leitura foi útil, pois que se a não fizesse talvez, dali em diante, para o resto das idades – quem sabe? – o Céu ficasse de todo estragado. Leu são Pedro a relação: havia muitas almas, muitas mesmo, delas todas, à vista das explicações apensas, uma lhe assanhou o espanto e a estranheza. Leu novamente. Vinha assim:

> P. L. C., filho de..., neto de..., bisneto de... — Carregador, 48 anos. Casado. Casto. Honesto. Caridoso. Pobre de espírito. Ignaro. Bom como são Francisco de Assis. Virtuoso como são Bernardo e meigo como o próprio Cristo. É um justo.

Deveras, pensou o Santo Porteiro, é uma alma excepcional; e com tão extraordinárias qualidades bem merecia ele assentar-se à direita do Eterno e lá ficar, "per saecula saeculorum", gozando a glória perene de quem foi tantas vezes santo...

"E por que não ia"?, deu-lhe vontade de perguntar ao seráfico burocrata.

— Não sei — retrucou-lhe este. — Você sabe — acrescentou — sou mandado...

✷

— Check the rolls again. You might have made a mistake. Look him up," the canonized fisherman answered back.

Accompanied by the pained squeaking of his desk, the bookkeeper thumbed through the enormous Record until he found the proper page. There, after some effort, he found the right line, placed his index finger on the entry and read out loud:

— P. L. C., son of... grandson of... great-grandson of... – Porter. Age 48. Married. Honest. Charitable. Loyal. Poor in spirit. Uneducated. As good as Saint Francis of Assisi. As virtuous as Saint Bernard. As gentle as Christ Himself. One of the righteous.

Then he ran his finger down the horizontal line, and in the Notes found something that made him stop.

— I had forgotten... – he said suddenly. – There has been a mistake. Good thing you mentioned it. This soul belongs to a black man. He's going to Purgatory.

— Veja bem nos assentamentos. Não vá ter se enganado. Procure – retrucou por sua vez o velho pescador canonizado.

Acompanhado de dolorosos rangidos da mesa, o guarda-livros foi folheando o enorme Registro até encontrar a página própria, onde, com certo esforço, achou a linha adequada e com o dedo afinal apontou o assentamento e leu alto:

— P. L. C., filho de... neto de... bisneto de... – Carregador. 48 anos. Casado. Honesto. Caridoso. Leal. Pobre de espírito. Ignaro. Bom como são Francisco de Assis. Virtuoso como são Bernardo e meigo como o próprio Cristo. É um justo.

Depois com o dedo pela pauta horizontal e nas Observações, deparou qualquer coisa que o fez dizer de súbito:

— Esquecia-me... Houve engano. É! Foi bom você falar. Essa alma é a de um negro. Vai pro purgatório.

O FALSO D. HENRIQUE V

THE FALSE

An episode of the history of Bruzundanga[28].

In the notes from my travels to the Republic of Bruzundanga, which should soon be out, I abstained from discussing its history to save the book from irksomeness. Not that it is uninteresting for whatever reason, but rather because the task would be too onerous, considering the need to identify the dates of a wide array of facts, which would require one to patiently transpose its chronology to our own. Moreover, certain modes of speech and thought are very expressive in the local language, but their immediate translation to our own would be insipid and unflavoured, unless I toiled for years on that undertaking.

28 Lima Barreto used Bruzundanga to satirize early twentieth-century Brazil. Most of his stories about the fictional country were collected in "Os Bruzundangas" and shortly published after his death.

Episódio da História da Bruzundanga.[28]

Nas notas da minha viagem à República da Bruzundanga, que devem aparecer brevemente, eu me abstive, para não tornar enfadonho o livro, de tratar da sua história. Não que ela deixe, por isso ou aquilo, de ser interessante; mas por ser trabalhosa a tarefa, à vista das muitas identificações das datas de certos fatos, que exigiam uma paciente transposição de sua cronologia para a nossa e também porque certas formas de dizer e de pensar são muito expressivas na língua de lá, mas que numa tradução instantânea para a de cá ficariam sem sal, sem o sainete próprio, a menos que não quisesse eu deter-me anos em tal afã.

28 Lima Barreto usou a Bruzundanga para satirizar o Brasil do início do século XX. A maioria das suas histórias sobre o país fictício foram reunidas em "Os Bruzundangas" publicado logo após a sua morte

Though not rigorously scientific, as a former student of the Parisian "École Nationale des Chartes" might say, I made the heroic decision to use this brief report to develop a rough approximation of peculiar Bruzundangan names to our own Portuguese and local names, just like I adapted the dates from the national chronology of the Republic of Bruzundanga, to which I should be forced to make references, to our usual calendar.

Therefore, the main character of this narrative is not quite the Luso-Teutonic "Henrique Costa," but rather, in the language of that Republic, Henbe-en-Rhinque.

Having duly warned scholars of that fact, I am certain they will not consider it an instance of disqualifying ignorance, on my part, that fantastic bit of translation, based as it is solely on the mere homophony of the words.

The story of the false D. Henrique, Emperor of Bruzundanga, is very similar to that of the False Dmitry, who ruled over Russia for eleven months, and whose story Mérimée recounts in his worthy volume.

The Emperor D. Sajon (Shah-Jehon) had ruled for a very long time, and there seemed to be no end in sight for his reign. All his sons had died, and his inheritance would pass on to his grandsons, who in the latter years of his government had been reduced to a single man.

It is of uppermost importance to bear in mind that the country had a sort of Salic Law preventing princesses from ascending to the throne, though if a male prince had no male heirs of his own, her sons would be allowed to rule and reign.

The Emperor D. Sajon, though despotic, even cruel and bloodthirsty at times, was beloved by his people, who had almost never felt his wrath.

He had it in his heart that his people would be the least impoverished they could, that there would no famishment in his empire, and that noblemen and princes did not crush and

Conquanto não seja rigorosamente científico, como diria um antigo aluno da "École Nationale des Chartes", de Paris; conquanto não seja assim, eu tomei a resolução heroica de aproximar, grosso modo, nesta breve notícia, os mais peculiares à Bruzundanga dos nossos nomes portugueses e nomes típicos assim como, do nosso calendário usual, as datas da cronologia nacional da República da Bruzundanga, que seria obrigado a fazer referência.

É assim que o nome do principal personagem desta narração não é bem o germano-luso Henrique Costa; mas, no falar da República de que trato, Henbe-en-Rhinque.

Avisados disso os eruditos, estou certo de que não tomarão por inqualificável ignorância da minha parte esse traduzir fantástico às vezes, mesmo, só se baseando na simples homofonia dos vocábulos.

A história do falso D. Henrique, que foi imperador da Bruzundanga, é muito semelhante à daquele falso Demétrio que imperou na Rússia onze meses. Mérimée contou-lhe a história em um livro estimável.

O imperador D. Sajon (Shah-Jehon) reinava desde muito e o seu reinado parecia não querer tomar termo. Todos os seus filhos varões tinham morrido e a sua herança passava para os seus netos varões, os quais nos últimos anos do seu governo se haviam reduzido a um único.

Lá, convém lembrar, havia uma espécie de lei sálica que não permitia princesa no trono, embora, em falta do filho do príncipe varão, pudessem os filhos delas governar e reinar.

O imperador D. Sajon, conquanto fosse despótico, mesmo, em certas vezes, cruel e sanguinário, era amado do povo, sobre o qual a sua cólera quase nunca se fazia sentir.

Tinha no coração que a sua gente pobre fosse o menos pobre possível; que no seu império não houvesse fome; que os nobres e príncipes não esmagassem nem espoliassem os

despoil the peasantry. He built schools and colleges, awarding the highest positions of State to those who distinguished themselves, irrespective of the family they had been born to.

Highborn grandees and even the members of the bourgeoisie whose wealth was still young mumbled much about the emperor's routine and his modest living. Who had ever heard, they asked, of an emperor with only two palaces? And such filthy palaces! No marble, no frescoes, no paintings, no statues... And he's so given to botany, they added, but doesn't own a park, unlike the least mighty King of France, nor a castle, unlike the least influential King of England. The residence of any Italian princeling, whose principality is smaller than the capital of Bruzundanga, is ten times more magnificent than that poor sap Sanjon's.

The emperor heard it all from his scouts and spies, but said nothing. He knew how much the people bleed and hurt to erect such opulence. He knew how many lives, how much misery, how much suffering France paid for Versailles with. He still remembered Louis XIV's regretful advice to his great-grandson and heir, in his deathbed, not to indulge in war and building as he himself had.

Thus, the old emperor reigned for many years without ears to noblemen and to the great capitalists, all of whom wanted him to let them parade their wealth, their titles, their beautiful women, in great palaces, in luxurious theatres and in vast estates built on the toil of the people.

He lived modestly, as has been mentioned, without splendour, or rather with obsolete splendour, both for the pageantry itself and for the accoutrements with which he outfitted himself. His ceremonial carriage had belonged to his great-grandfather, and they said the livery of his grooms dated to his father's reign, and some spotted visible patches.

He had lost all his daughters, so that at last his sole heir was his grandson D. Carlos (Khárlithos). He was a good

camponeses. Espalhava escolas e academias e, aos que se distinguiam, nas letras ou nas ciências, dava as maiores funções do Estado, sem curar-lhes da origem.

Os nobres fidalgos e mesmo os burgueses enriquecidos do pé para a mão murmuravam muito sobre a rotina do imperante e o seu viver modesto. Onde é que se viu, diziam eles, um imperador que só tem dois palácios? E que palácios imundos! Não têm mármores, não têm "frescos", não têm quadros, não têm estátuas... Ele, continuavam, que é dado à botânica, não tem um parque, como o menor do rei de França, nem um castelo, como o mais insignificante do rei de Inglaterra. Qualquer príncipe italiano, cujo principado é menos do que a sua capital, tem residências dez vezes mais magníficas do que esse bocó de Sajon.

O imperador ouvia isso da boca dos seus esculcas e espiões, mas não dizia nada. Sabia o sangue e a dor que essas construções opulentas custam aos povos. Sabia quantas vidas, quantas misérias, quanto sofrimento custou à França Versalhes. Lembrava-se bem da recomendação que Luís XIV, arrependido, na hora da morte, fez a seu bisneto e herdeiro, pedindo-lhe que não abusasse das construções e das guerras, como ele o fizera.

Serviu assim o velho imperador o seu longo reinado sem dar ouvidos aos fidalgos e grandes burgueses, desejosos todos eles de fazer parada das suas riquezas, títulos e mulheres belas, em grandes palácios, luxuosos teatros, vastos parques, construídos, porém, com o suor do povo.

Vivia modestamente, como já foi dito, sem fausto, ou antes com um fausto obsoleto, tanto pelo seu cerimonial propriamente quanto pelos apetrechos de que se servia. O carro de gala tinha sido do seu bisavô e, ao que diziam, as librés dos palafreneiros ainda eram da época do pai, vendo-se até em algumas os remendos mal postos.

Perdeu todas as filhas, por isso veio a ficar sendo, afinal, o único herdeiro o seu neto D. Carlos (Khárlithos). Era este um

prince, much like his grandfather, though simpler and sadder than Sanjon.

He lived away from court and the nobility, in a far-off castle, surrounded only by a few friends, books, flowers, and trees. Of royal and feudal pleasures, the only one he enjoyed was horseflesh. Horses were his passion, and not only did he own the very best, he also cross-bred them, in an attempt to develop and enhance national breeds.

He had become a widower two years after an arranged marriage, of which the only offspring had been his son, the Prince D. Henrique.

Despite being a widower, nothing was said of his habits, which were the purest and most moral that could be demanded of a man. Horses were his only vice, and riding around the castle, sometimes with a friend, sometimes with an equerry, but mostly alone.

His closest friends claimed his suffering and sadness came from thinking he might one day be emperor. He never said it, but it could very well be assumed he thought just like that literary prince who confesses to his cousin: "Can't you see I'm embarrassed, at this day and age, to be playing at Charlemagne, with the ermine mantle, the bees, the crowns, the sceptre? Do you really not see it? You take the crown then, if you want!"

D. Carlos didn't speak like that because he wasn't given to quips and outbursts, but now and then, when snapping out of one his brief spells of melancholy and dumbness, he would sigh in the middle of a conversation:

— The day I become emperor, oh God, what shall I do?

One beautiful day, this good prince was found murdered on a path through the forest in his estate of Cubahandê, in the outskirts of the capital.

The whole empire was grief-stricken, and no one could explain why such a good person, such an actively good person,

príncipe bom como o avô, mas mais simples e mais triste do que Sajon.

Vivia sempre afastado, fora da corte e dos fidalgos, num castelo retirado, cercado de alguns amigos, de livros, de flores e árvores. Dos prazeres reais e feudais só guardava um: o cavalo. Era a sua paixão e ele não só os tinha dos melhores, como também ensaiava cruzamentos, para selecionar as raças nacionais.

Enviuvara dois anos após um casamento de conveniência e do seu enlace houvera um único filho — o príncipe D. Henrique.

Apesar de viúvo, nada se dizia sobre os seus costumes, que eram os mais puros e os mais morais que se podem exigir de um homem. O seu único vício era o cavalo e os passeios a cavalo pelos arredores do seu castelo, às vezes com um amigo, às vezes com um criado, mas quase sempre só.

Os amigos íntimos diziam que o seu sofrimento e a sua tristeza vinham de pensar em ser um dia imperador. Ele não disse, mas bem se podia admitir que raciocinasse como aquele príncipe do romance que confessa ao primo: "Pois você não vê logo que eu tenho vergonha, nesta época, de me fingir de Carlos Magno, com o tal manto de arminho, abelhas, coroas, cetro – você não vê mesmo? Fique você com a coroa, se quiser!"

D. Carlos não falava assim, pois não era dado a blagues, nem a boutades; mas, de quando em quando, ao sair dos rápidos acessos de mutismo e melancolia a que era sujeito, no meio da conversação, dizia como num suspiro:

— No dia em que for imperador, o que farei, meu Deus!

Um belo dia, um príncipe tão bom como este aparece assassinado num caminho que atravessa uma floresta do seu domínio de Cubahandê, nos arredores da capital.

A dor foi imensa em todos os pontos do império e ninguém sabia explicar por que pessoa tão boa, tão ativamente

would be so mysteriously slaughtered.

That morning, he had ridden off on Hallumatu, his ebon mare, shiny and black like a cabochon; but it returned hard-mouthed and riderless to the stables. They went searching for the prince, and found him with a stab wound in his chest.

The people sought out the guilty parties, muttering that the killer must have acted on orders from a distant extended branch of the royal family, on whose behalf its head and founder had relinquished its feudal privileges and prerogatives centuries to traffic Malayan slaves. Now wealthy, they rejoined the hierarchy from which they had voluntarily exiled themselves, but did not obtain the title of imperial princes. They were merely princes.

The assassination was forgotten, and old King Sanjon remained stubbornly alive. Whether advanced age impaired his faculties, or spells and incantations had been cast, as the incredulous chroniclers of Bruzundangan history would have it, the fact is that the old emperor delivered himself, body and soul, to the head of a group of distant relations, the Hjanlhianes, the same who had sought exile. This man now ruled the empire as he pleased, and there were emerging conversations aiming to restore his imperial dignity through "senatus consultum". To that, the people and especially the army stood in opposition, and whispers started to rise. The army was republican, and in its naiveté and political callowness, it wanted an actual republic; the Hjanlhianes soon realized this could be their path to the highest positions, and many became republicans themselves.

However, Sanjon's great-grandson remained confined to Cubahandê Castle. He was around seven or eight years old.

When least expected, on the day Voltaire's Brutus was being performed at the Imperial Theatre of Bruzundanga, twenty generals, six colonels, a dozen captains and around eighty standard-bearer proclaimed a republic and went out into

boa, seria trucidada assim misteriosamente.

Naquela manhã, saíra a cavalo, na Hallumatu, a sua égua negra, de um ébano reluzente, como carbúnculo; e ela voltava desbocada, sem o cavaleiro, para as estrebarias. Procuraram-no e foram encontrá-lo cadáver com uma punhalada no peito.

O povo perquiriu os culpados e boquejou que o assassínio devia ter sido a mando de uns parentes longínquos da família imperial, em nome da qual, há vários séculos, o seu chefe e fundador tinha desistido das suas prerrogativas e privilégios feudais, para traficar com escravos malaios. Enriquecidos, aos poucos, entraram de novo na hierarquia de que se tinham degradado voluntariamente, mas não obtiveram o título de príncipes imperiais. Eram somente príncipes.

O assassinato ficou esquecido e o velho rei Sajon teimava em viver. Fosse enfraquecimento das faculdades, originado pela velhice, fosse o emprego de sortilégios e feitiços, como querem os incrédulos cronistas de Bruzundanga, o fato é que o velho imperador entregou-se de corpo e alma ao mais evidente representante da família aparentada, a dos Hjanlhianes, o tal que se havia degradado. Fazia este e desfazia no império; e falou-se mesmo em permiti-los voltar às dignidades imperiais, mediante um "senatus consultum". A isso, o povo e sobretudo o exército se opuseram e começaram a murmurar. O exército era republicano, queria uma república de verdade, na sua ingenuidade e inexperiência política; os Hjanlhianes logo perceberam que, por aí, podiam chegar a altas dignidades e muitos deles se fizeram republicanos.

Entretanto, o bisneto de Sajon continuava sequestrado no castelo de Cubahandê. Devia ter sete ou oito anos.

Quando menos se esperava, num dado momento em que se representava, no Teatro Imperial da Bruzundanga, o "Brutus" de Voltaire, vinte generais, seis coronéis, doze capitães e cerca de oitenta alferes proclamaram a república e saíram para a

the streets, followed closely by civilians waving their tinplate weapons. They rode around the theatre, shouting "Long live the Republic!," "Down with the tyrant!," and so forth.

The populace went to their windows to see what that was all about; the next day, having learned the truth, they could only exchange dumbfounded looks.

Everyone paid the price; the old emperor and his relatives were exiled, except for the Hjanlhianes. The young prince D. Henrique stayed behind as well, as hostage, hoping his imperial relatives would not attempt a coup against the people's institutions, which had lately brought new happiness to Bruzundanga.

A ruling council was chosen, to be headed by Tétrech, head of the Hjanlhianes and the favourite of Emperor Sanjon.

He set immediately to building palaces and theatres, and knocking houses down for magnificent avenues. With incomes falling short of what he required, taxes were raised, along with fees, fines, and so forth. Before the constitutional assembly voted on the new Constitution, he increased the tariffs on foreign manufactures merchandise. Smarter citizens began to set up intriguing facilities to manufacture domestic products. For instance, they would buy soles and uppers from other countries. Having imported these as tax-free raw materials, they assembled boots in their peculiar manufactories and sold them for thrice what foreign shoes cost.

Another way they found to extort money from the people and help the rich grow even richer was to exempt them from customs duties.

Tétrech decreed machinery and other items destined to sugarcane mills, for instance, would be exempt from duties, and their exports would be subsidized. Only the rich could maintain them, and this they did not fail to do. They produced as much sugar as they could, but sent almost the whole out-

rua, seguidos de muitos paisanos que tinham ido buscar as armas de flandres, na arrecadação do teatro, a gritar: "Viva a República! Abaixo o tirano!", etc. etc.

O povo, propriamente, vem assim, àquela hora, nas janelas para ver o que se passava; e, no dia seguinte, quando se soube da verdade, um olhava para o outro e ambos ficavam estupidamente mudos.

Tudo aderiu; e o velho imperador e os seus parentes, exceto os Hjanlhianes, foram exilados. Ficou também o pequeno príncipe D. Henrique como refém e sonhou que os imperiais parentes dele não tentariam nenhum golpe de mão contra as instituições populares, que acabavam de trazer a próxima felicidade da Bruzundanga.

Foi escolhida uma junta governativa, cujo chefe foi aquele Hjanlhianes, Tétrech, que era favorito do imperador Sajon.

Começou logo a construir palácios e teatros, a pôr casas abaixo, para fazer avenidas suntuosas. O dinheiro da receita não chegava, aumentou os impostos, e vexações, multas etc. Enquanto a constituinte não votava a nova Constituição, decuplicou os direitos de entrada de produtos estrangeiros manufaturados. Os espertos começaram a manter curiosas fábricas de produtos nacionais da seguinte forma, por exemplo: adquiriam em outros países solas, sapatos já recortados. Importavam tudo isso, como matéria-prima, livre de impostos, montavam as botas nas suas singulares fábricas e vendiam pelo triplo do que custavam os estrangeiros.

Outra forma de extorquir dinheiro ao povo e enriquecer mais ainda os ricos eram as isenções de direitos alfandegários.

Tétrech decretou isenções de direitos para maquinismos etc., destinados a usinas-modelos de açúcar, por exemplo, e prêmios para a exportação dos mesmos produtos. Os ricos somente podiam mantê-los e trataram de fazê-lo logo. Fabricaram açúcar à vontade, mas mandavam para o exterior, pela metade

put abroad for half the cost, since subsidies covered their losses, as well as the inevitable price increase in the markets of Bruzundanga. Never had so many legal swindles been so perfectly devised.

The private fortunes of a select few increased almost five times as much in less than five years, but the State, along with the people and small shopkeepers, little by little fell into utter and complete misery.

In the country, people left the plantations and the small farms, rushing to the city for higher salaries, but it was all an illusion, the cost of living had become so dear. The ones left behind, eaten away by disease and alcohol, wallowed in their sorrows.

Salaries were very, very low, not enough for them to get by reasonably. They went around almost barenaked, and living in horribly filthy hovels, full of parasitic insects transmitting terrible diseases. The Bruzundangan race got enveloped by a fog of sadness that poisoned everything it touched: its arms, the foaming of its waterfalls, the sad birdsong in its forests, the rustling of rain over thatched roofs. It was all pain, tears, and sadness. It could be said that ancient land felt its life slipping away...

But before it truly died, one event shook the people to its core. The Prince D. Henrique was found with his guardian, D. Hobhathy, drowned in a lake in the gardens of Castle Cubahandê. The news spread like lightning throughout the country, but no one wanted to believe it, especially after Tétrech Hjanlhianes had every servant in the castle executed. If he had them killed, the common people of Bruzundanga assumed, he didn't want anyone to reveal the boy had escaped. And it didn't stop there. Village priests, harassed and persecuted as they were (because their urban colleagues were always willing to crush them in service of powerful men who

do custo, a quase totalidade da produção, pois os prêmios cobriam o prejuízo e o encarecimento fatal de produto, nos mercados da Bruzundanga, também. Nunca houve tempo em que se inventassem com tanta perfeição tantas ladroeiras legais.

A fortuna particular de alguns, em menos de dez anos, quase que quintuplicou; mas o Estado, os seus pequenos-burgueses e o povo, pouco a pouco, foram caindo na miséria mais atroz.

O povo do campo, dos latifúndios (fazendas) e empresas deixou a agricultura e correu para a cidade atraído pela alta dos salários; era, porém, uma ilusão, pois a vida tornou-se caríssima. Os que lá ficaram, roídos pelas doenças e pela bebida, deixavam-se ficar vivendo num desânimo de agruras.

Os salários eram baixíssimos e não lhes davam com o que se alimentassem razoavelmente; andavam quase nus; as suas casas eram sujíssimas e cheias de insetos parasitas, transmissores de moléstias terríveis. A raça da Bruzundanga tinha por isso uma caligem de tristeza que lhe emprestava tudo quanto ela continha: as armas, o escachoar das cachoeiras, o canto doloroso dos pássaros, o cicio da chuva nas cobertas de sapê da choça – tudo nela era dor, choro e tristeza. Dir-se-ia que aquela terra tão velha se sentia aos poucos sem viver...

Antes disso, porém, houve um acontecimento que abalou profundamente o povo. O príncipe D. Henrique e o seu preceptor, D. Hobhathy, foram encontrados numa tarde, afogados num lago do jardim do castelo de Cubahandê. A nova correu célere por todo o país, mas ninguém quis acreditar no fato, tanto mais que Tétrech Hjanlhianes mandou executar todos os servidores do palácio. Se ele os mandou matar, considerava a gente humilde, é porque não queria que ninguém dissesse que o menino tinha fugido. E não saiu daí. Os padres das aldeias e arraiais, que se viam vexados e perseguidos — os das cidades sempre dispostos a esmagar aqueles, para servir os potentados nas suas violên-

oppressed the peasantry), constantly upheld and expounded the belief in Prince Henrique's survival. He was hidden, he would return...

In the country and in the backlands, the people came to know every form of suffering and deprivation. They felt the cold touch of the 'fiscal leeches', draining away their blood to be employed directly in the farcical splendour of government, and indirectly in the ridiculous ostentation of the wealthy, who were neither enlightened nor educated. For the greater good, nothing.

Bruzundanga had become a marble sarcophagus, gold and gemstones, where the poorly-embalmed body of the people could only rot away and fester.

An epidemic of insanity spread across the land, some bigger, some smaller. One required an army of twenty thousand before it could be put down. That was the countryside; in the cities, insane asylums were overcrowded. Pain and destitution led to drinking, "to help forget," and the drinking led to the madhouse.

There was no scarcity of prophets, fortune-tellers, soothsayers, and every other form of abuse. Prostitution, either in the shadows or out in the open, was widespread from top to bottom, and adultery had grown as brides and grooms retaliated and sought out fortune, or the means to achieve it. Unquestionably, the same was true among the poorer classes. Despite the crude, brutish and barbarous luxury of the palaces and vistas of the city, life there inspired nothing but tears. The indolence of the wealthy had abandoned its peaks, its picturesque hills, up to the poorest of the poor, a motley crew of criminals and tramps, who dotted the highlands around the capital with squalid shanties, as cold and filthy as anything, with their walls made of soapbox boards and their roofs, of foil from kerosene cans.

cias e opressões contra os trabalhadores rurais – não cessavam de manter veladamente essa crença da existência do príncipe Henrique. Estava oculto, havia de aparecer...

Sofrimentos de toda a ordem caíram sobre o pobre povo da roça e do sertão; privações de toda a natureza caíram sobre ele; e colaram-lhe a fria sanguessuga, a ventosa dos impostos, cujo produto era empregado diretamente, num fausto governamental de opereta, e, indiretamente, numa ostentação ridícula de ricos sem educação nem instrução. Para benefício geral, nada!

A Bruzundanga era um sarcófago de mármore, ouro e pedrarias, em cujo seio, porém, o cadáver mal embalsamado do povo apodrecia e fermentava.

De norte a sul, sucediam-se epidemias de loucuras, umas maiores, outras menores. Para debelar uma, foi preciso um verdadeiro exército de vinte mil homens. No interior era assim; nas cidades, os hospícios e asilos de alienados regurgitavam. O sofrimento e a penúria levavam ao álcool, "para esquecer"; e o álcool levava ao manicômio.

Profetas regurgitavam, cartomantes, práticos de feitiçaria, abusos de toda a ordem. A prostituição, clara ou clandestina, era quase geral, de alto a baixo; e os adultérios cresciam devido ao mútuo engano dos nubentes em represália, um ao outro, fortuna ou meios, de obtê-la. Na classe pobre, também, por contágio. Apesar do luxo tosco, bárbaro e bronco, dos palácios e "perspectivas" cenográficas, a vida das cidades era triste, de provocar lágrimas. A indolência dos ricos tinha abandonado as alturas dela, as suas colinas pitorescas, e os pobres, os mais pobres, de mistura em toda espécie de desgraçados criminosos e vagabundos, ocupavam as eminências urbanas com casebres miseráveis, sujos, frios, feitos de tábuas de caixões de sabão e cobertos com folhas desdobradas de latas em que veio acondicionado o querosene.

They were the crown of laurels over that glacial political transformation...

The pains of Bruzundanga echoed in the breasts of its humble people. One day, a prophet who cried for the whole country made his presence known.

The nation quickly came to know the prophecies in verse of Professor Lopes. Who was he? In a village in the province of Aurilândia, there came along an old half-breed who had taken some classes at a seminary and had spent many years teaching children to read. He foretold many things to come, some clear, others not, and they soon spread throughout the country, going from the ears of humble believers to the minds of the middle class, who did have some education. Everyone who had "faith in their heart" heard them; and everyone wanted His return. They all wanted the return of little Emperor D. Henrique, the unmurdered. Spiritual tensions were running high, misery running in every corner of the land. An unknown epidemic struck the country, and in the capital of Bruzundanga they had to appeal to the charity of bondmen to bury the dead!...

Long after it had disappeared, the city, the suburbs, and even the country roads still gave off the scent of the dead...

And almost everyone recited the prophecies of Professor Lopes, as if they were prayers:

Bruzundanga the God-forsaken
Has its people under the yoke.
There they go, jaundiced, footsore, shaken,
A country full of starving folk.

There was hunger, pestilence, drought,
Brawling and looting and plundering too,
And now it's pouring rain, no doubt,
As indifferent war rages and burns anew.

Era a coroa, o laurel daquela glacial transformação política...

As dores do país tiveram eco num peito rústico e humilde. Surgiu num domingo o profeta, que gemia por todo o país.

Rapidamente, pela nação toda, foram conhecidas as profecias, em verso, do professor Lopes. Quem era? Numa aldeia da província de Aurilândia, um velho mestiço que tivera algumas luzes de seminário e vivera muito tempo a ensinar as primeiras letras, apareceu alistando profecias, umas claras, outras confusas. Em instantes, espalharam-se pelo país e foram do ouvido do povo crédulo ao entendimento do burguês com algumas luzes. Todos os que tinham "a fé no coração" ouviram-nas; e todos queriam o reaparecimento d'Ele, do pequeno imperador d. Henrique, que não fora assassinado. A tensão espiritual chegava ao auge; a miséria batia em todos os pontos, uma epidemia desconhecida de tal forma foi violenta que, na capital da Bruzundanga, foi preciso apelar para a caridade dos galés, a fim de enterrar os mortos!...

Desaparecida que ela foi, muito tempo, a cidade, os subúrbios, até as estradas rurais cheiravam a defunto...

E quase todas recitavam como oração, as profecias do professor Lopes:

Este país da Bruzundanga
Parece de Deus deslembrado.
Nele, o povo anda na canga
Amarelo, pobre, esfaimado.

Houve fome, seca e peste
Brigas e saques também
E agora a água investe
Sem cobrir a guerra que vem.

But for the year of seven and seven
The lord's return is set in stone,
And none shall suffer the eight, it is known.
For here scourges have we now seven,
And none shall suffer the eight, it is known.

Everyone knew by heart these rough rhymes, and recited them in mystical chant. The government tried to discredit them through its newspapers, to no avail. The people believed. They tried to arrest the schoolteacher, but backed down, faced with the threat of a mass uprising in Aurilândia. Things seemed about to quiet down when there came the news that the Prince D. Henrique had come again in their time of need. At first, no one paid it any mind, but the story kept growing. Everyone took him at his word, from the wealthiest to the poorest. An aged servant to the former emperor swore he recognized the thirty-year old man as the great-grandson of his old imperial master.

The Hjanlhianes, who possessed a handful of names, still succeeded one another in government, plundering and shaming the country as they could. Having depleted the strength of its natives, they had sought recourse in immigration, or else their plantations would have become nothing but old folks' homes. The men who came were sturdier and bolder, without the same sentimental reliance on their masters, and did not let themselves be exploited like the natives. They revolted continuously; and the Hjanlhianes, having forgotten how much they had derided their poorer compatriots, started to excite the latter and to rattle the saber of Country and Patriotism. But it was too late! When they heard Bruzundanga had declared war on the Ogian Empire, just so the Hjanlhianes could acquire commissions and gratuities from the bankers of Europe, the province of Aurilândia was no longer the only one to acknowledge the young stranger as its legitimate Emperor D. Henrique V, the great-grandson of Good King Sajon. The whole country rose up:

No ano que tem dois sete
Ele por força voltará
E oito ninguém sofrerá.
Pois flagelos já são sete
E oito ninguém sofrerá.

Estes toscos versos eram sabidos de cor por toda a gente e recitados em uma unção mística. O governo tentou desmoralizá-los, por intermédio dos seus jornais, mas não conseguiu. O povo acreditava. Tentou prender Lopes, mas recuou, diante da ameaça de uma sublevação em massa da província de Aurilândia. As coisas pareciam querer sossegar, quando se anunciou que, nesta penúria, aparecera o príncipe d. Henrique. Em começo, ninguém fez caso; mas o fato tomou vulto. Todos por lá recebiam-no como tal, desde o mais rico até o mais pobre. Um velho servidor do antigo imperador jurou reconhecer, naquele mancebo de trinta anos, o bisneto do seu antigo imperial amo.

Os Hjanlhianes, com estes e aquele nome, continuavam a suceder-se no governo, espenicando o saque e a vergonha do país em regra. Tinham, logo que esgotavam as forças dos naturais, apelado para a imigração, a fim de evitar velhaduras nos seus latifúndios. Vieram homens mais robustos e mais cheios de ousadia, sem mesmo dependência sentimental com os dominadores, pois não se deixavam explorar facilmente, como os naturais. Revoltavam-se continuadamente; e os Hjanlhianes, esquecidos do mal que tinham dito dos seus patrícios pobres, deram em animar estes e a tanger o chocalho da pátria e do patriotismo. Mas era tarde! Quando se soube que a Bruzundanga tinha declarado guerra ao império dos Oges para que muitos Hjanlhianes se metessem em grandes comissões e gorjetas, que os banqueiros da Europa lhes davam, não foi mais a primazia de Aurilândia que se conheceu naquele mancebo desconhecido, o seu legítimo imperador d. Henrique v, bisneto do bom d. Sajon: foi todo país, operários, soldados, cansados de

factory workers, soldiers tired of their hardships, foreigners, tramps, criminals, prostitutes, in short, everyone who suffered.

The head of the Hjanlhianes died like a rabid dog, poisoned by his own hand or another's, at his palace, while his servants and attendants staged an auto-da-fé in the yard to burn tapestries that had cost the good and the meek of Bruzundanga so much misery for so many tears. The city lit up, and no one was too poor they could not produce a candle stub on the windowsill...

D. Henrique reigned for many years, and even today the most conscientious wise men of Bruzundanga cannot be sure whether he was the true prince or an impostor.

Having no issue, on his sixtieth birthday that wise prince, of his own free will, proclaimed a republic, still the form of government of Bruzundanga. But the country seems wholly disinclined to that form of government, and still waits for its own...

curtir miséria também; estrangeiros, vagabundos, criminosos, prostitutas, todos enfim, que sofriam.

O chefe dos Hjanlhianes morreu como um cão, envenenado por ele mesmo ou por outros, no seu palácio, enquanto os seus criados e fâmulos queimavam no pátio, em auto de fé, os tapetes que tinham custado misérias e lágrimas de um povo dócil e bom. A cidade se iluminou; não houve pobre que não pusesse uma vela, um coto, na janela do seu casebre...

D. Henrique reinou durante muito tempo e, até hoje, os mais conscienciosos sábios da Bruzundanga não afirmam com segurança se ele era verdadeiro ou falso.

Como não tivesse descendência, quando chegou aos sessenta anos, aquele sábio príncipe proclamou por sua própria boca a República, que é ainda a forma de governo da Bruzundanga, mas para a qual, ao que parece, o país não tem nenhuma vocação. Ela espera ainda a sua forma de governo...

ILLNESS

ANTUNES

a DOENÇA do

Dr. Gedeão's fame grew incessantly.

Not a day went by without one of his latest feat undertakings being plastered over the newspapers, whether in or out of the medical field. For instance, once a newspaper wrote that:

> "Dr. Gedeão, that wonderful physician and excellent goalkeeper, has recently been honoured by an invitation from the Libertad Football Club, from San José, Costa Rica, to take part in its annual game against the Airoca Football Club of Guatemala. Everyone knows how important this international match is, and the invitation extended to our fellow countryman gives credit to Brazilian science and football. Dr. Gedeão was, however, unable to acquiesce, since his mental activities are currently focused on the discovery of the composition of Viennese Ointment, a well-known treatment for calluses."

A fama do doutor Gedeão não cessava de crescer.

Não havia dia em que os jornais não dessem notícia de mais uma proeza por ele feita, dentro ou fora da medicina. Em tal dia, um jornal dizia:

> "O doutor Gedeão, esse maravilhoso clínico e excelente 'goal-keeper', acaba de receber um honroso convite do Libertad Futebol Club, de São José da Costa Rica, para tomar parte na sua partida anual com o Airoca Futebol Club, de Guatemala. Todo o mundo sabe a importância que tem esse desafio internacional e o convite ao nosso patrício representa uma alta homenagem à ciência brasileira e ao futebol nacional. O doutor Gedeão, porém, não pôde aceitar o convite, pois a sua atividade mental anda agora norteada para a descoberta da composição da Pomada Vienense, específico muito conhecido para a cura dos calos".

Dr. Gedeão was quoted in the papers more often than the president himself, and his name was found in every section of the dailies. The society section of the "Conservative", on the day following the story above, discussed Dr. Gedeão in the following terms:

> "Dr. Gedeão Cavalcanti made the most exquisitely fashionable appearance at the Lyrical Theatre last night. The master physician exited his coupé completely in the nude. One cannot describe the interest of the ladies present, and the even greater interest of many men. I was thunderstruck."

So the doctor's fame grew by leaps and bounds. In a moment he ceased to be the neighbourhood or the corner doctor, as Mlle. Lespinasse[29] had, to become doctor to the whole city, the wise master, a worhad, to become doctor to the whole city, the wise master, a wordsmith even João de Barros[30] couldn't fully understand, the football hero, a guest of honour in every feast, the Cicero of hospital wards, the wizard of the salons, the poet of acrostics, the lead dancer in the best balls, and so on and so forth.

His office was always as full as an avenue on Carnaval, and there were those who said many lads preferred it for deeds which are usually staged in film theatres.

He was sought especially by older women, either wealthy, middle-class or poor, and their voices were all markedly elegant, proud, contented and thrilled as they said: — I'm seeing Dr. Gedeão.

Poor women sacrificed their household budgets to visit Dr. Gedeão, and there were many who forewent buying

29 Jeanne Julie Éléonore de Lespinasse (1732-1776), letter writer and host of French literary salons.

30 João de Barros (1496-1570), known as "the Portuguese Livy," historian and grammarian.

O doutor Gedeão vivia mais citado nos jornais que o próprio presidente da república e o seu nome era encontrado em todas as seções dos cotidianos. A seção elegante de "O Conservador", logo ao dia seguinte da notícia acima, ocupou-se do doutor Gedeão da seguinte maneira:

> "O doutor Gedeão Cavalcanti apareceu ontem no Lírico inteiramente 'fashionable'. O milagroso clínico saltou do seu 'coupé' completamente nu. Não se descreve o interesse das senhoras e o maior ainda de muitos homens. Eu fiquei babado de gozo".

A fama do doutor corria assim desmedidamente. Deixou em instantes de ser médico do bairro ou da esquina, como dizia Mlle. Lespinasse[29], para ser o médico da cidade toda, o lente sábio, o literato à João de Barros[30], o herói do "football", o obrigado papa-banquetes diários, o Cícero das enfermarias, o mágico dos salões, o poeta dos acrósticos, o dançador dos bailes de bom-tom etc. etc.

O seu consultório vivia tão cheio que nem a avenida em dia de Carnaval, e havia quem dissesse que muitos rapazes preferiam-no, para as proezas de que os cinematógrafos são o teatro habitual.

Era procurado sobretudo pelas senhoras ricas, remediadas e pobres, e todas elas tinham garbo, orgulho, satisfação, emoção na voz quando diziam: — Estou me tratando com o doutor Gedeão.

Moças pobres sacrificavam os orçamentos domésticos para irem ao doutor Gedeão e muitas houve que deixavam de

29 Jeanne Julie Éléonore de Lespinasse (1732-1776), escritora de cartas e anfitriã de salões literários francesa.

30 João de Barros (1496-1570), historiador e gramático conhecido como "o Lívio português".

a fashionable shoe or hat so they could afford the famous doctor's fee. I know of one who made enormous sacrifices so he could cure her defluxion; and cure it he did, though Dr. Gedeão did not prescribe any old preparation, but rather one with an unpronounceable name, from the Greek or the Coptic, called Anakati Tokotuta.

That astonishing doctor disliked employing ordinary formulas and medications. He was original in his pharmacopoeia.

His office was located downtown, right near the avenue, and took up an entire floor. The waiting rooms were tastefully furnished, and walls were adorned with charts and pictures related to the healing arts.

On the hallways, one could even find posters warning against the dangers of alcoholism, a peculiar thing on the offices of a doctor whose fame and glory demanded that every day he attended sumptuous, well-supplied feasts and banquets.

To enjoy the opportunity of a few minutes' appointment with the miracle-working clinician, one had to acquire the ticket, i.e., the appointment card, beforehand, sometimes days before. The price was high, to prevent the doctor's enthusiasts from standing in the way of those who truly needed the prowess of the celebrated Dr. Gedeão.

Each appointment cost fifty mil-réis, but despite the high price, the offices of this medical celebrity hosted a veritable pilgrimage, and the whole city considered it as the medical version of the Shrine of Our Lady of Aparecida.

José Antunes Bulhões, the primary partner of Antunes Bulhões & Co., who had established a grocery store around Campo dos Cardosos, in Cascadura, had been suffering from stomachaches that prevented him from enjoying a good stew, full of collards and turnips, bacon and squash, or even from

comprar o sapato ou o chapéu da moda para pagar a consulta do famoso doutor. De uma, eu sei que lá foi com enormes sacrifícios para curar-se de um defluxo; e curou-se, embora o doutor Gedeão não lhe tivesse receitado um xarope qualquer, mas um específico de nome arrevesado, grego ou copta, Anakati Tokotuta.

Porque o maravilhoso clínico não gostava das fórmulas e medicamentos vulgares; ele era original na botica que empregava.

O seu consultório ficava em uma rua central, bem perto da avenida, ocupando todo um primeiro andar. As antessalas eram mobiliadas com gosto e tinham mesmo pela parede quadros e mapas de coisas da arte de curar.

Havia mesmo, no corredor, algumas gravuras de combate ao alcoolismo e era de admirar que estivessem no consultório de um médico, cuja glória o obrigava a ser conviva de banquetes diários, bem e fartamente regados.

Para se ter a felicidade de sofrer um exame de minutos do milagroso clínico, era preciso que se adquirisse a entrada, isto é, o cartão, com antecedência, às vezes de dias. O preço era alto, para evitar que os viciosos do doutor Gedeão não atrapalhassem os que verdadeiramente necessitavam das luzes do célebre clínico.

Custava a consulta cinquenta mil-réis; mas, apesar de tão alto preço, o escritório da celebridade médica era objeto de uma verdadeira romaria e toda a cidade o tinha como uma espécie de Aparecida médica.

José Antunes Bulhões, sócio principal da firma Antunes Bulhões & Cia., estabelecido com armazém de secos e molhados, lá pelas bandas do Campo dos Cardosos, em Cascadura, andava sofrendo de umas dores no estômago que não o deixavam comer com toda liberdade o seu bom cozido, rico de couves e nabos, farto de toucinho e abóbora vermelha, nem

tasting the gravy to his heart's content, which always brought back fond memories of his village home in Minho.

He went to shamans and healers, spiritual doctors and country doctors, but no one knew how to get rid of the unbearable ache in his stomach that prevented him from truly, fully enjoying his stew, and robbed him even from the chance of tasting the gravy he so loved.

The pain came the instant he sat at the table, and the stew would just sit there, giving off the smell of collards and bacon and squash, staring at him, courting him, while he could only stare back, unable to eat it, to swallow it, to devour it with the eagerness his constitution and his appetite demanded.

Antunes was single, and almost celibate.

In his ambition as a small shopkeeper, as a humble villager anointed by life and society for greater wealth and fortune, Antunes had suppressed every form of gratification, including both fruitful and unfruitful love, clothes, outings, fellowship, and entertainments. He thought only of the thousands of mil-réis that would be recouped from the almost complete asceticism of his current life, spent as it was behind a suburban counter.

At the table, however, he made a small concession to his ideal of opulence and spent freely on meat, vegetables, fish, potatoes, cod. The latter made for his favourite dish, when stewed.

And so that stomachache, though small, caused inordinate suffering. He deprived himself of love; but what did it matter, if years hence he would be able to pay for his enjoyment with money, with jewellery and carriages and marriages even, for soft, delicate figures, trimmed and fragrant and silken, the most expensive there were, either here or in Europe. He deprived himself of theatre, of fine clothes, but none of that mattered; in a few years he would go to the best theatres here or in Europe, accompanied by the dearest women he could choose. But not eating — no, not that! He needed his

mesmo saborear, a seu contento, o caldo que tantas saudades lhe dava da sua aldeia minhota.

Consultou mezinheiros, curandeiros, espíritas, médicos locais e não havia meio de lhe passar de todo aquela insuportável dorzinha que não o permitia comer o cozido, com satisfação e abundância, e tirava-lhe de qualquer modo o sabor do caldo que tanto amava e apreciava.

Era ir para a mesa, lá lhe aparecia a dor e o cozido com os seus pertences, muito cheiroso, rico de couves, farto de toucinho e abóbora, olhava-o, namorava-o e ele namorava o cozido sem ânimo de mastigá-lo, de devorá-lo, de engoli-lo com aquele ardor que a sua robustez e o seu desejo exigiam.

Antunes era solteiro e quase casto.

Na sua ambição de pequeno comerciante, de humilde aldeão tangido pela vida e pela sociedade para a riqueza e para a fortuna, tinha recalcado todas as satisfações da vida, o amor fecundo ou infecundo, o vestuário, os passeios, a sociabilidade, os divertimentos, para só pensar nos contos de réis que lhe dariam a forra mais tarde do seu quase ascetismo atual, no balcão de uma venda dos subúrbios.

À mesa, porém, ele sacrificava um pouco do seu ideal de opulência e gastava sem pena na carne, nas verduras, nos legumes, no peixe, nas batatas, no bacalhau que, depois do cozido, era o seu prato predileto.

Desta forma, aquela dorzita no estômago o fazia sofrer extraordinariamente. Ele se privava do amor; mas que importava se, daqui a anos, ele pagaria para seu gozo, em dinheiro, em joia, em carruagem, em casamento até, corpos macios, veludosos, cuidados, perfumados, os mais caros que houvesse, aqui ou na Europa; ele se privava de teatros, de roupas finas, mas que importava se, dentro de alguns anos, ele poderia ir aos primeiros teatros daqui ou da Europa, com as onze mais caras mulheres que escolhesse; mas deixar de comer — isto não!

body well-nourished to toil away for fourteen or fifteen hours a day, to work at the counter, to berate the clerks, to listen to impertinent customers, to collect on bad debts.

One day, he read on the papers that Dr. Gedeão Cavalcanti had been granted government permission to fire the mighty cannons of the "Minas Gerais" combatant ship a couple of times.

Reading the piece, he was moved by one line in particular: "this wonderful physician, and certainly an extraordinary artilleryman as well..."

"A wonderful physician!" Straining his memory, he recalled having read that name somewhere once before. "A physician of wonder!" Maybe he could cure his little stomachache, couldn't he? This is what Antunes had in mind when in walked Mr. Albano, a civil servant who worked downtown, a serious man with a good credit history.

Antunes asked him immediately.

— Mr. Albano, would you happen to know Dr. Gedeão Cavalcanti?

— Just Gedeão— the other corrected.

— That's the one. Do you know him, Mr. Albano?

— I do.

— And is he a good doctor?

— He's a miracle-worker. He rides horses, plays chess, writes very well, and he's an excellent orator, a great poet, musician, painter, a first-rate goalkeeper...

— So he's a good doctor, then, Mr. Albano?

— He is. He saved Santinha, my wife. It cost me a pretty penny... Two appointments... fifty mil-réis each... You do the math.

Antunes paid close attention, but did not immediately resolve to see the famous urban thaumaturge. Fifty mil-réis!

Era preciso que o corpo estivesse sempre bem nutrido para aquela faina de quatorze ou quinze horas, a servir o balcão, a ralhar com os caixeiros, a suportar desaforos dos fregueses e a ter cuidado com os calotes.

Certo dia, ele leu nos jornais a notícia que o doutor Gedeão Cavalcanti tinha tido permissão do governo para dar alguns tiros com os grandes canhões do "Minas Gerais".

Leu a notícia toda e feriu-lhe o fato da informação dizer: "Esse maravilhoso clínico e, certamente, um exímio artilheiro...".

Clínico maravilhoso! Com muito esforço de memória, pôde conseguir recordar-se de que aquele nome já por ele fora lido em qualquer parte. Maravilhoso clínico! Quem sabe se ele o não curaria daquela dorzita ali, no estômago? Meditava assim, quando lhe entra pela venda adentro o senhor Albano, empregado na Central, funcionário público, homem sério e pontual no pagamento.

Antunes foi-lhe logo perguntando:

— Senhor Albano, o senhor conhece o doutor Gedeão Cavalcanti?

— Gedeão — emendou o outro.

— Isto mesmo. Conhece-o, senhor Albano?

— Conheço.

— É bom médico?

— Milagroso. Monta a cavalo, joga xadrez, escreve muito bem, é um excelente orador, grande poeta, músico, pintor, goal-keeper dos primeiros...

— Então é um bom médico, não é, senhor Albano?

— É. Foi quem salvou a Santinha, minha mulher. Custou-me caro... Duas consultas... Cinquenta mil-réis cada uma... Some.

Antunes guardou a informação, mas não se resolveu imediatamente a ir consultar o famoso taumaturgo urbano.

And what if one appointment wasn't enough to heal him? Then fifty more…

He watched the stew on the table, steaming and sweet, with its turnips and collards simmering, full of bacon and squash, inviting him to the table, and he unable to respond, to love it with all the fervour and passion and desire pulsating within. He thought for a few days and decided to go to the city and listen to what Dr. Gedeão Cavalcanti had to say about his intermittent stomachache.

He dressed in his Sunday best, even the excruciating boots, put on his vest, his watch, the gold chain with brilliants on the star-shaped medallion, which seems to be the badge of office for shopkeepers great and small, and headed to the railway station.

And so, he arrived downtown. He bought the ticket, that is, the appointment card, from the office clerk, saying goodbye to his fifty thousand mil-réis like a father taking his son to the graveyard. If only the doctor was a customer… But no! Those fifty would never come back...

He sat among well-dressed gentlemen and perfumed ladies.

He avoided staring at the men, while the women actually frightened him. He could feel his ignominy, not because he kept a shop, but because his savings amounted to a mere twenty thousand mil-réis… If only he had hundreds, yes, then he could look back at them with the security of his money, of the wealth he would certainly achieve within a few years, as soon as possible.

One by one they went into the office, and few lingered. Antunes started to get suspicious... Damn it! How could he be so quick?

Had they all paid fifty mil-réis?

Cinquenta mil-réis! E se não ficasse curado com uma única consulta? Mais cinquenta...

Viu na mesa o cozido, olente, fumegante, farto de nabos e couves, rico de toucinho e abóbora vermelha, a namorá-lo e ele a namorar o prato sem poder amá-lo com o ardor e a paixão que o seu desejo pedia. Pensou dias e afinal decidiu-se a descer até a cidade, para ouvir a opinião do doutor Gedeão Cavalcanti sobre a sua dor no estômago, que lhe aparecia de onde em onde.

Vestiu-se o melhor que pôde, dispôs-se a suportar o suplício das botas, pôs o colete, o relógio, a corrente e o medalhão de ouro com a estrela de brilhantes, que parece ser o distintivo dos pequenos e grandes negociantes; e encaminhou-se para a estação da estrada de ferro.

Ei-lo no centro da cidade. Adquiriu a entrada, isto é, o cartão, nas mãos do contínuo do consultório, despedindo-se dos seus cinquenta mil-réis com a dor do pai que leva um filho ao cemitério. Ainda se o doutor fosse seu freguês... Mas qual! Aqueles não voltariam mais...

Sentou-se entre cavalheiros bem-vestidos e damas perfumadas.

Evitou encarar os cavalheiros e teve medo das damas. Sentia bem o seu opróbrio, não de ser taberneiro, mas de só possuir de economias duas miseráveis dezenas de contos... Se tivesse algumas centenas – então, sim! – ele poderia olhar aquela gente com toda a segurança da fortuna, do dinheiro, que havia de alcançar certamente, dentro de anos, o mais breve possível.

Um a um, iam eles entrando para o interior do consultório; e pouco se demoravam. Antunes começou a ficar desconfiado... Diabo! Assim tão depressa?

Teriam todos pago cinquenta mil-réis?

Such a good career, medicine! Ah, if only his father had known... But no!

Poor father! He could barely support his wife and children, how could he have paid for tutors? Everyone makes their fortune as they can.

Eventually, he was called to the doctor's office. Antunes liked the man. He had kind eyes, greying hair over a still young face, and very smooth, very white hands.

— What seems to be the problem, sir? — the doctor asked him gently.

Antunes started telling him about the horrible stomachache that had plagued him for some time, and how inexplicably it would vanish and then flare up again, how it gave him no respite. Dr. Gedeão Cavalcanti told him to remove his vest and jacket, listened with his stethoscope, and examined him at length, both standing up and lying down. The doctor then sat down while the shopkeeper readjusted his attire.

Antunes sat down as well, waiting for the doctor to consider his case.

He was quick. The famous clinician needed only a second to state with confidence:

— You don't have anything.

Antunes jumped up from his chair.

— Fifty mil-réis for you to say I don't have anything! — Antunes huffed.— That's rich! You're not catching me twice with that one, not me!

And he stomped out of the office, which Rio had made the object of a pilgrimage to rival Lourdes[31] herself.

31 Lourdes, France, hosted a series of reputed miraculous apparitions of the Virgin Mary in 1858, attracting large number of Catholic pilgrims ever since.

Boa profissão, a de médico! Ah! Se o pai tivesse sabido disso... Mas qual!

Pobre pai! Ele mal podia com o peso da mulher e dos filhos, como havia ele de pagar-lhe mestres? Cada um enriquece como pode...

Foi, por fim, à presença do doutor. Antunes gostou do homem. Tinha um olhar doce, os cabelos já grisalhos, apesar de sua fisionomia moça, umas mãos alvas, polidas...

Perguntou-lhe o médico com muita macieza de voz:

— Que sente o senhor?

Antunes foi-lhe dizendo logo o terrível mal no estômago de que vinha sofrendo, há tanto tempo, mal que desaparecia e aparecia mas que não o deixava nunca. O doutor Gedeão Cavalcanti fê-lo tirar o paletó, o colete, auscultou-o bem, examinou-o demoradamente, tanto de pé como deitado, sentou-se depois, enquanto o negociante recompunha a sua modesta toilette.

Antunes sentou-se também, e esperou que o médico saísse de sua meditação.

Foi rápida. Dentro de um segundo, o famoso clínico dizia com toda segurança:

— O senhor não tem nada.

Antunes ergueu-se de um salto da cadeira e exclamou indignado:

— Então, senhor doutor, eu pago cinquenta mil-réis e não tenho nada! Esta é boa! Noutra não caio eu!

E saiu furioso do consultório que merecia, da cidade, uma romaria semelhante à da milagrosa Lourdes[31].

31 A cidade de Lourdes, na França, foi palco de uma série de supostas aparições miraculosas da Virgem Maria em 1858, e tem atraído grandes quantidades de romeiros católicos desde então.

PORQUE **NÃO SE** MATAVA

WHY **HE DIDN'T KILL** HIMSELF

My friend was the most enigmatic and mysterious man I had ever met.

He was at the same time taciturn and expansive, selfish and generous, brave and coward, hard-working and idle. His temperament held a hopeless mixture of opposite qualities, and his intelligence, a curious blend of lucidity and confusion, sharpness and dullness.

We had known each other for a long time. We met around the age of twelve, when I started going to preparatory studies, I met him at schoolhouse and there struck up a friendship. I liked his physiognomy, the strangeness of his personality. Even during recess, after classes, my boyhood was in astonishment of his long schismatic eyes, fixed as they were on everything and everyone.

We remained so until high school, and in our talks little by little I came to see his qualities were growing sharper, as were his flaws.

He had a wonderful eye for mechanics, but could not for the life of his study matters of foreign exchange and stock

Esse meu amigo era o homem mais enigmático que conheci.

Era a um tempo taciturno e expansivo, egoísta e generoso, bravo e covarde, trabalhador e vadio. Havia no seu temperamento uma desesperadora mistura de qualidades opostas e, na sua inteligência, um encontro curioso de lucidez e confusão, de agudeza e embotamento.

Nós nos dávamos desde muito tempo. Aí pelos doze anos, quando comecei a estudar os preparatórios, encontrei-o no colégio e fizemos relações. Gostei da sua fisionomia, da estranheza do seu caráter e mesmo ao descansarmos no recreio, após as aulas, a minha meninice contemplava maravilhada aquele seu longo olhar cismático, que se ia tão demoradamente pelas coisas e pelas pessoas.

Continuamos sempre juntos até a escola superior, onde andei conversando; e, aos poucos, fui verificando que as suas qualidades se acentuavam e os seus defeitos também.

Ele entendia maravilhosamente a mecânica, mas não havia jeito de estudar essas coisas de câmbio, de jogo de bolsa.

markets. That was him: incredible insight for some things, befuddlement for others.

He graduated, but never used his diploma. He had a small income, and always lived off of it, away from the humiliation of the job hunt.

He was sentimental, emotional, but I never knew him to love. That much I could surmise, and it was easy. He was too frail and bashful to share with others his innermost secrets, his dreams, everything that was hidden in the depths of his soul.

A few days ago, I saw him at a beer hall, with a tall stack of cardboard coasters on his table, solemnly tallying how many glasses he had had.

We met, at Adolfo's[32], on Assembleia Street[33], where we have lately been able to gather a circle of poets, authors, journalists, physicians and lawyers, learning to live in perfect harmony, exchange ideas, talk and drink, always drink.

It's a very nice establishment, perhaps the oldest of its kind, having hosted two generations of poets. There sat Gonzaga Duque, the late Gonzaga Duque, B. Lopes, Mário

32 "Zum Schlauch", "Bar Adolph" and renamed later "Bar Luiz", was established in 1887 by Jacob Wendling. In 1908, Jacob left for Switzerland, handing over the business to his godson Adolf Rumjaneck. In 1915 a law on national language enhancement allowed commercial establishments could not bear signs of foreign language names and the bar changed its name to "Bar Adolph", according to the spelling of the time. In 1927, the "Bar Adolph", rub then by Ludwig Vöit, moved to Carioca Street, and keeps the same location to the present day. During World War II, students of the Pedro II College, campaigning against the European fascist regimes, invaded the Bar in order to destroy it, associating its name to the dictator Adolf Hitler. On that account, Ludwig Vöit changed his name to Luiz, and the house's name to "Bar Luiz".

33 Assembly Street, in downtown Rio de Janeiro, named after the former seat of the federal legislature at its end (currently, it serves as the seat of the state legislature).

Era assim: para umas coisas, muita penetração; para outras, incompreensão.

Formou-se, mas nunca fez uso da carta. Tinha um pequeno rendimento e sempre viveu dele, afastado dessa humilhante coisa que é a caça ao emprego.

Era sentimental, era emotivo; mas nunca lhe conheci amor. Isto eu consegui decifrar, e era fácil. A sua delicadeza e a sua timidez faziam a compartilha com outro, as coisas secretas de sua pessoa, dos seus sonhos, tudo o que havia de secreto e profundo na sua alma.

Há dias encontrei-o no chope, diante de uma alta pilha de rodelas de papelão, marcando com solenidade o número de copos bebidos.

Foi ali, no Adolfo[32], à rua da Assembleia[33], onde aos poucos temos conseguido reunir uma roda de poetas, literatos, jornalistas, médicos, advogados, a viver na máxima harmonia, trocando ideias, conversando e bebendo sempre.

É uma casa por demais simpática, talvez a mais antiga no gênero, e que já conheceu duas gerações de poetas. Por ela, passaram o Gonzaga Duque, o saudoso Gonzaga Duque,

32 O "Zum Schlauch", "Bar Adolph" e posteriormente "Bar Luiz", foi fundado em 1887 por Jacob Wendling. Em 1908, Jacob partiu para a Suíça, entregando o Bar a Adolf Rumjaneck, seu afilhado. Em 1915 uma lei em valorização da língua nacional instituiu que estabelecimentos comerciais não poderiam ostentar letreiros com nomes em língua estrangeira e o bar mudou o seu nome para "Bar Adolph", de acordo com a grafia da época. Em 1927, o Bar Adolph, já de propriedade de Ludwig Vöit, deslocou-se para a Rua da Carioca, no mesmo prédio em que continua instalado até os dias de hoje. Durante a Segunda Guerra Mundial, estudantes do Colégio Pedro II, em campanha contra os regimes fascistas da Europa, invadiram o Bar com o intuito de destruí-lo, associando o nome ao ditador Adolf Hitler. Por causa disso, Ludwig Vöit alterou o seu nome para Luiz, e o nome da casa para "Bar Luiz".

33 A Rua da Assembleia, no centro do Rio de Janeiro, recebeu esse nome devido à sede da legislatura federal em uma das suas extremidades (atualmente, o espaço serve de sede para a legislatura estadual).

Pederneiras, Lima Campos, Malagutti[34], and other painters who made up that brilliant society of intelligent men.

Dark and hidden from the street, it's both a nest and an academy. It's more than an academy. It's two or three. We are so many, with such diverse intellectual makeup, that the end result is a modest miniature of the Sylloge[35].

No one needs to write a membership speech, one merely drinks and plays bagatelle, surrounded by an audience excited to watch Amorim Júnior[36] score eighteen several times in a row.

I went there to meet him, but my friend had withdrawn from the raucous scene in the back, taking an isolated table for himself.

He seemed sad, and our conversation could not sustain itself for long. We were silent for a few minutes, sipping our consoling beers.

After a few more rounds, he started talking more excitedly. At first, we discussed general topics of arts and literature. He's not a man of letters, but does enjoying reading, and follows the field with both attention and affection. After various digressions about the subject, he asked me all of a sudden:

— Do you know why I don't kill myself?

I wasn't amazed, since it's not my style to be amazed by what goes on at a beer hall. I replied very naturally.

— No.

— Are you against suicide?

— Neither for nor against, I simply take it as it is.

34 Luiz Gonzaga Duque Estrada (1863-1911), fiction writer, art critic, journalist; Bernardino da Costa Lopes (1859-1916), author and poet; Lima Campos, poet and critic; Mário Veloso Paranhos Pederneiras (1867-1915), poet; Ettore Malaguti (1871-1925), Italian-Brazilian poet, painter and illustrator..

35 A house where literary or scientific associations meet.

36 Amorim Júnior, journalist at Rio de Janeiro newspaper "O Paiz".

o B. Lopes, o Mário Pederneiras, o Lima Campos, o Malagutti[34] e outros pintores que completavam essa brilhante sociedade de homens inteligentes.

Escura e oculta à vista da rua, é um ninho e também uma academia. Mais do que uma academia. São duas ou três. Somos tantos e de feições mentais tão diferentes, que bem formamos uma modesta miniatura do Silogeu[35].

Não se fazem discursos à entrada: bebe-se e joga-se bagatela, lá ao fundo, cercado de uma plateia ansiosa por ver o Amorim Júnior[36] fazer sucessivos dezoitos.

Fui encontrá-lo lá, mas o meu amigo se havia afastado do ruidoso cenáculo do fundo; e ficara só a uma mesa isolada.

Pareceu-me triste e a nossa conversa não foi logo abundantemente sustentada. Estivemos alguns minutos calados, sorvendo aos goles a cerveja consoladora.

O gasto de copos aumentou e ele então falou com mais abundância e calor. Em princípio, tratamos de coisas gerais de arte e letras. Ele não é literato, mas gosta das letras, e as acompanha com carinho e atenção. Ao fim de digressões a tal respeito, ele me disse de repente:

— Sabes por que não me mato?

Não me espantei, porque tenho por hábito não me espantar com as coisas que se passam no chope. Disse-lhe muito naturalmente:

— Não.

— És contra o suicídio?

— Nem contra, nem a favor; aceito-o.

34 Luiz Gonzaga Duque Estrada (1863-1911), ficcionista, crítico de arte e jornalista; Bernardino da Costa Lopes (1859-1916), escritor e poeta; Lima Campos, poeta e crítico; Mário Veloso Paranhos Pederneiras (1867-1915), poeta; Ettore Malaguti (1871-1925), poeta, pintor e ilustrador ítalo-brasileiro.

35 Casa onde se reúnem associações literárias ou científicas.

36 Amorim Júnior, jornalista do periódico fluminense "O Paiz".

— Very well. You understand perfectly that I have no more reason for living. I'm aimless, my life leads to no end. I don't want to be a senator, don't want to be a Congressman, I don't want to be anything. I have no ambition of great wealth, no passions or desires. Life for me seems utterly useless. I've given up on everything, on art, on religion, on science."

Manuel poured us two more beers in his usual heavy-handed fashion.

— Everything there is to life — my friend continued. — everything that gives it charm, none of it appeals to me anymore. I've cast it all from my heart. I don't want lovers, that's always more trouble than it's worth. I don't want a wife, since I don't want to have children. Why should I extend the long succession of tragedies I inherited? They survive within me in their virtual state, why should others inherit it? I don't want to travel, it's tiresome. What should I do?

I wanted to give him a final piece of advice, but abstained.

— Kill yourself. — I replied.

— That's what I think, but...

The electric lamp grew dimmer, and for a moment I thought a cloud had blown over his sweet, tranquil eyes.

— You don't have the courage, is that it? — I asked.

— A little, but that's not what's keeping me from the natural end of my life.

— What is it then?

— I don't have the money!

— Really? But guns are so cheap.

— Let me explain. I admit that I do pity others, but I will not admit to others pity me. You do understand I don't live well; whatever money I have is short, but enough for my expenses, therefore I'm always counting coppers. Should I ingest some drug, the authorities would find my body miserably deprived

— Bem. Compreendes perfeitamente que não tenho mais motivo para viver. Estou sem destino, a minha vida não tem fim determinado. Não quero ser senador, não quero ser deputado, não quero ser nada. Não tenho ambições de riqueza, não tenho paixões nem desejos. A minha vida me aparece de uma inutilidade de trapo. Já descri de tudo, da arte, da religião e da ciência.

O Manoel serviu-nos mais dois chopes, com aquela delicadeza tão dele, e o meu amigo continuou:

— Tudo o que há na vida, o que lhe dá encanto, já não me atrai, e expulsei do meu coração. Não quero amantes, é coisa que sai sempre uma caceteação; não quero mulher, esposa, porque não quero ter filhos, continuar assim a longa cadeia de desgraças que herdei e está em mim em estado virtual para passar aos outros. Não quero viajar; enfada. Que hei de fazer?

Eu quis dar-lhe um conselho final, mas abstive-me, e respondi, em contestação:

— Matar-te.

— É isso que eu penso; mas...

A luz elétrica enfraqueceu um pouco e cri que uma nuvem lhe passava no olhar doce e tranquilo.

— Não tens coragem? — perguntei eu.

— Um pouco; mas não é isso o que me afasta do fim natural da minha vida.

— Que é, então?

— É a falta de dinheiro!

— Como? Um revólver é barato.

— Eu me explico. Admito a piedade em mim, para os outros; mas não admito a piedade dos outros para mim. Compreendes bem que não vivo bem; o dinheiro que tenho é curto, mas dá para as minhas despesas, de forma que estou sempre com cobres curtos. Se eu ingerir aí qualquer droga, as

of Treasury bills. What sort of comments would they make? How would they explain my suicide? Lack of money. Well, the single logical, high-minded act of my life, an act of supreme justice and profound sincerity, would be interpreted through the professional mercy of newspapers as a mere matter of money. I don't want that...

From the back, we could hear the joy around the bagatelle table, but those giggles in no way diminished the sinister words my friend expounded.

— I don't want that— he continued. — I want the act to be given its proper value, and that no subsidiary consideration is to lower it.

— Then write.

— I don't know how to write. The aversion in my soul exceeds the powers of my style. I wouldn't know how to express all the desperation it carries, and if I tried, I would be caught in banalities and the fleeting nuances of my feelings would go unrecorded. I want to show everyone I was betrayed, that I have been promised much and given little, that it's all senseless and in vain, that pomposities such as art and science and religion hold nothing in their depths but the impotence of us all before the august mystery of the world. None of it gives meaning to our world, none of it gives us exact rules of conduct, it neither leads us to happiness nor removes wickedness from society. That's it...

— Come on, now. If you died with money in your pockets, even then...

— There's a reason for it: poverty would be excluded as a motive.

— But it could be attributed to love.

— Nonsense. I don't receive letters from women, I don't court, I don't woo anyone, and so they could never attribute my desperation to love.

autoridades vão dar com o meu cadáver miseravelmente privado de notas do Tesouro. Que comentários farão? Como vão explicar o meu suicídio? Por falta de dinheiro. Ora, o único ato lógico e alto da minha vida, ato de suprema justiça e profunda sinceridade, vai ser interpretado, através da piedade profissional dos jornais, como reles questão de dinheiro. Eu não quero isso...

Do fundo da sala, vinha a alegria dos jogadores de bagatela; mas aquele casquinar não diminuía em nada a exposição das palavras sinistras do meu amigo.

— Eu não quero isso — continuou ele. Quero que se dê ao ato o seu justo valor e que nenhuma consideração subalterna lhe diminua a elevação.

— Mas escreve.

— Não sei escrever. A aversão que há na minha alma excede às forças do meu estilo. Eu não saberei dizer tudo o que de desespero vai nela; e, se tentar expor, ficarei na banalidade e as nuanças fugidias dos meus sentimentos não serão registradas. Eu queria mostrar a todos que fui traído; que me prometeram muito e nada me deram; que tudo isso é vão e sem sentido, estando no fundo dessas coisas pomposas, arte, ciência, religião, a impotência de todos nós diante de augusto mistério do mundo. Nada disso nos dá o sentido do nosso destino; nada disto nos dá uma regra exata de conduta, não nos leva à felicidade, nem tira as coisas hediondas da sociedade. Era isso...

— Mas vem cá: se tu morresses com dinheiro na algibeira, nem por tal...

— Há nisso uma causa: a causa da miséria ficaria arredada.

— Mas podia ser atribuído ao amor.

— Qual. Não recebo cartas de mulher, não namoro, não requesto mulher alguma; e não podiam, portanto, atribuir ao amor o meu desespero.

— So, the cause wouldn't come out, and your act wouldn't be properly explained.

— Indeed, but the cause of misery wouldn't be evident. Let me tell you something. Once, I tried. I completed a transaction and got my hands on 500 mil-réis. I wanted to look good when I died, so I ordered a jacket from a tailor, bought shirts, etc. When I counted out the money, there was little of it left. I did it once again later on. I dressed in finery and had nothing but nickels when dawn broke over my home.

— Hah, you say you need money to kill yourself, but what you really want is to have some fun.

— This is what's been happening to me, don't you think I'm lying. I mean what I say.

We were silent for a moment, drank some more beer, and then I noted:

— Your way of killing yourself isn't violent, it's gentle. You're drowning in beer, and it's a shame you don't have 500 thousand mil-réis, because you'd never kill yourself.

— No. When the money ended, it would be inevitable.

— Hah, penniless to the morgue? What then?

— It's true... I'd go on living.

We chuckled at the direction our talk had taken.

We paid our bill, shook Adolfo's hand, made a couple of quips to Quincas, and left.

The streetcars clattered down the street; men and women stirred on the sidewalks, and carriages and automobiles came and went...

Life went on unabated, indifferent to sorrows and joy, to the happy and the miserable, seizing on all of them for its drama and its complexity.

— Entretanto, a causa não viria à tona e o teu ato não seria aquilatado devidamente.

— De fato, é verdade; mas a causa-miséria não seria evidente. Queres saber de uma coisa? Uma vez, eu me dispus. Fiz uma transação, arranjei uns quinhentos mil-réis. Queria morrer em beleza; mandei fazer uma casaca; comprei camisas etc. Quando contei o dinheiro, já era pouco. De outra, fiz o mesmo. Meti-me em uma grandeza e, ao amanhecer em casa, estava a níqueis.

— De forma que é ter dinheiro para matar-te, zás, tens vontade de divertir-te.

— Tem me acontecido isso; mas não julgues que estou prosando. Falo sério e franco.

Nós nos calamos um pouco, bebemos um pouco de cerveja, e depois eu observei:

— O teu modo de matar-te não é violento, é suave. Estás a afogar-te em cerveja e é pena que não tenhas quinhentos contos, porque nunca te matarias.

— Não. Quando o dinheiro acabasse, era fatal.

— Zás, para o necrotério na miséria; e então?

— É verdade... Continuava a viver.

Rimo-nos um pouco do encaminhamento que a nossa palestra tomava.

Pagamos a despesa, apertamos a mão ao Adolfo, dissemos duas pilhérias ao Quincas e saímos.

Na rua, os bondes passavam com estrépido; homens e mulheres se agitavam nas calçadas; carros e automóveis iam e vinham...

A vida continuava sem esmorecimentos, indiferente que houvesse tristes e alegres, felizes e desgraçados, aproveitando a todos eles para o seu drama e a sua complexidade.

GRANDES CLÁSSICOS EM EDIÇÕES BILÍNGUES